JOËLLE SAVEY

Le POSTILLON

La porte du temps

T. 2

Glénat

Réalisation Partenaires
Dépôt légal avril 1991

LA DIVINE COMEDIE

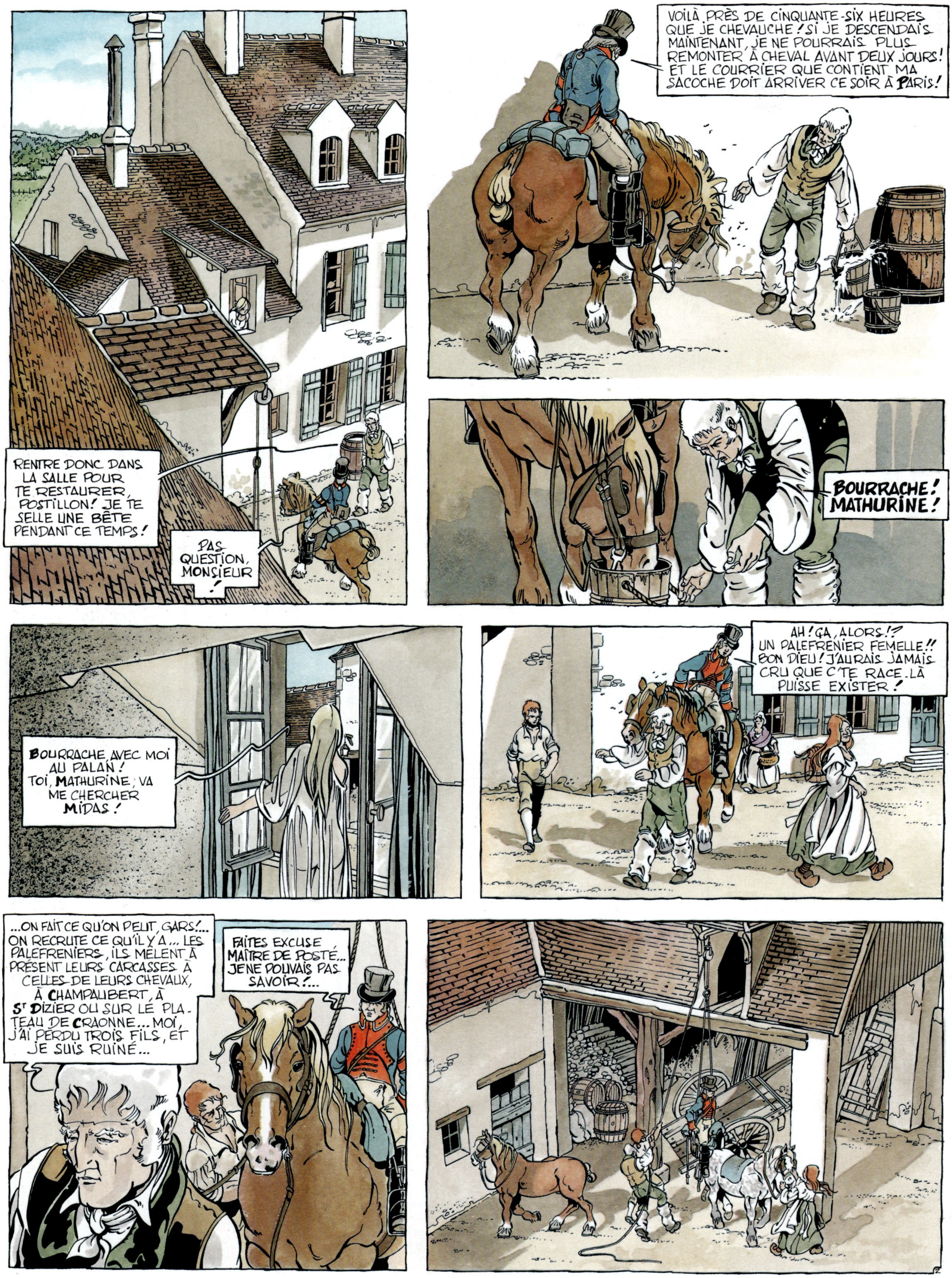
RENTRE DONC DANS LA SALLE POUR TE RESTAURER, POSTILLON ! JE TE SELLE UNE BÊTE PENDANT CE TEMPS !
PAS QUESTION, MONSIEUR !
VOILÀ PRÈS DE CINQUANTE-SIX HEURES QUE JE CHEVAUCHE ! SI JE DESCENDAIS MAINTENANT, JE NE POURRAIS PLUS REMONTER À CHEVAL AVANT DEUX JOURS ! ET LE COURRIER QUE CONTIENT MA SACOCHE DOIT ARRIVER CE SOIR À PARIS !
BOURRACHE ! MATHURINE !
BOURRACHE, AVEC MOI AU PALAN ! TOI, MATHURINE, VA ME CHERCHER MIDAS !
AH ! ÇA, ALORS !? UN PALEFRENIER FEMELLE !! BON DIEU ! J'AURAIS JAMAIS CRU QUE C'TE RACE-LÀ PUISSE EXISTER !
...ON FAIT CE QU'ON PEUT, GARS !... ON RECRUTE CE QU'IL Y A... LES PALEFRENIERS, ILS MÊLENT À PRÉSENT LEURS CARCASSES À CELLES DE LEURS CHEVAUX, À CHAMPAUBERT, À St DIZIER OU SUR LE PLATEAU DE CRAONNE... MOI, J'AI PERDU TROIS FILS, ET JE SUIS RUINÉ...
FAITES EXCUSE MAÎTRE DE POSTE... JE NE POUVAIS PAS SAVOIR !...

EH BIEN ! MA DONZELLE ! TU VAUX DEUX HOMMES À TOI TOUTE SEULE !
... SI J'ÉTAIS PAS TANT GOURÉE D'OUVRAGE, ET SI VOUS N'ÉTIEZ PAS TOUT EMBERNÉ, LÀ-HAUT, À CABIDONNE SUR LE MIDAS, JE VOUS AURIONS BEN MONTRÉ QUE JE VALAIS AUSSI QUATRE FEMMES À MOI TOUTE SEULE !...
TIENS DONC !
JE RETIENS MON TOUR, MIGNONNE ! GARDE-MOI TON PETIT CŒUR AU CHAUD JUSQU'À MON PROCHAIN PASSAGE !
TU AS BIEN ENTENDU CE QU'IL T'A DIT, HEIN ?!...
T'ES JALOUX ?...
JALOUX ?! MOI ?! TU VEUX RIRE ! JE TIENS À RENDRE SERVICE À UN COPAIN, VOILÀ TOUT !
?!
ON VA REFROIDIR UN PEU CETTE CHOSE EN FEU !
T'ES DINGUE ?!!
... ÇA TE PERMETTRA D'ATTENDRE SANS DOULEUR ET SAGEMENT LE RETOUR DU GALANT !
SALAUD ! FAUX FRÈRE ! PAS FRANC ! SABOTEUR !
QU'EST-CE QUE C'EST, CETTE RÉVOLUTION ?!...
CE N'EST RIEN, GRAND-MÈRE ! C'EST TOUT BÊTEMENT UNE JOURNÉE QUI COMMENCE BIEN ! ... JE TROUVE ... !

L'APRÈS-MIDI...
IL FAUT QUE JE TE REMERCIE, JASMIN !... TON IDÉE, CE MATIN, DE RAFRAÎCHIR LE CHAUD CROUPION DE CETTE POULETTE, A FAIT SOURIRE MON HOMME !
UN SOURIRE ...! TU TE RENDS COMPTE ?!... IL Y AVAIT SI LONGTEMPS QUE JE N'EN AVAIS VU UN SUR SON VISAGE !...
LE MAÎTRE N'A PAS VOTRE FORCE, PATRONNE !
...À QUI LE DIS-TU !?... FEUILLARD A DE GRANDES QUALITÉS ; MAIS IL A TOUJOURS FALLU QUE JE PORTE LE FARDEAU DE SES PEINES EN MÊME TEMPS QUE LE MIEN ! HORMIS LA DISPARITION DE NOS FILS, DANS QUELLE MESURE, AUJOURD'HUI, VA-T-IL RÉUSSIR À SURMONTER LES ÉVÉNEMENTS ? VOIS OÙ NOUS EN SOMMES !... TOI, NOTRE POSTILLON, NOUS T'EMPLOYONS COMME GARÇON DE FERME OU D'ÉCURIES... COMME LARBIN, QUOI !...
ET SI ÇA ME PLAÎT, À MOI ?!
OH !... ÇA TE PLAÎT, PARCE QUE TU ES UN BRAVE GARS, ET QUE... ET QUE TU AIMERAIS PEUT-ÊTRE BIEN MARIER LA PERLETTE, PAS VRAI ?!...
POUR SÛR, PATRONNE !! MAIS PERLETTE A LE CERVEAU BIEN BROUILLON POUR LES CHOSES DE L'AMOUR ! ELLE M'AIME ! BON !... EH BIEN, DU JOUR OÙ JE LUI AI DIT QUE MOI AUSSI, JE L'AIMAIS, C'EST LA SOUPE À LA GRIMACE ! JE N'Y COMPRENDS RIEN ...!
BAH ! TU N'AS CONNU QUE DES "MATHURINE-COUCHE-TOI-LÀ", MON PAUVRE AMI ! APPRENDS À BOUSCULER CE CŒUR PUR ! POUSSE-LE DANS SES RETRANCHEMENTS ! ET TU VERRAS QUE MA NIÈCE FINIRA PAR CAPITULER !...

HÉ! AMÉLIE! BOURRACHE! REMUEZ-VOUS UN PEU, AU LIEU DE BERLAUDER!.. L'ORAGE MONTE!
VIENS! MA PERLETTE!
?!
QU'EST-CE QUE TU VEUX?!!
VIENS! TE DIS-JE!...
DOUCEMENT, JASMIN! DOU-CE-MENT! PAS D'ERREUR, HEIN?!...
QU'EST-CE QUE TU BABOUINES, FEMME?!
REGARDE CE CHÊNE!
C'EST UN TRÈS VIEIL ARBRE, ET ALORS?!
REGARDE CE PAN DE MUR EN RUINES, TOUT COUVERT DE LIERRE!
...LES RESTES DE LA MAISON DU BERTRAND JOUQUIN, UN JETEUX DE SORTS, À CE QU'IL PARAÎT...
...CE MUR QUE JE N'AVAIS PRESQUE JAMAIS REMARQUÉ, CET ARBRE SOUS LEQUEL JE SUIS PASSÉ DES CENTAINES DE FOIS SONT DEVENUS BEAUX TOUT À COUP, PARCE QUE TU ÉTAIS À MES CÔTÉS... QUELLE EST DONC CETTE CHOSE BOULEVERSANTE QUI TRANSFORME AINSI UN ENVIRONNEMENT FAMILIER, SI CE N'EST L'AMOUR?...
JE NE JOUE PAS, PERLETTE! JE NE JOUE PAS!... PAS AVEC TOI!

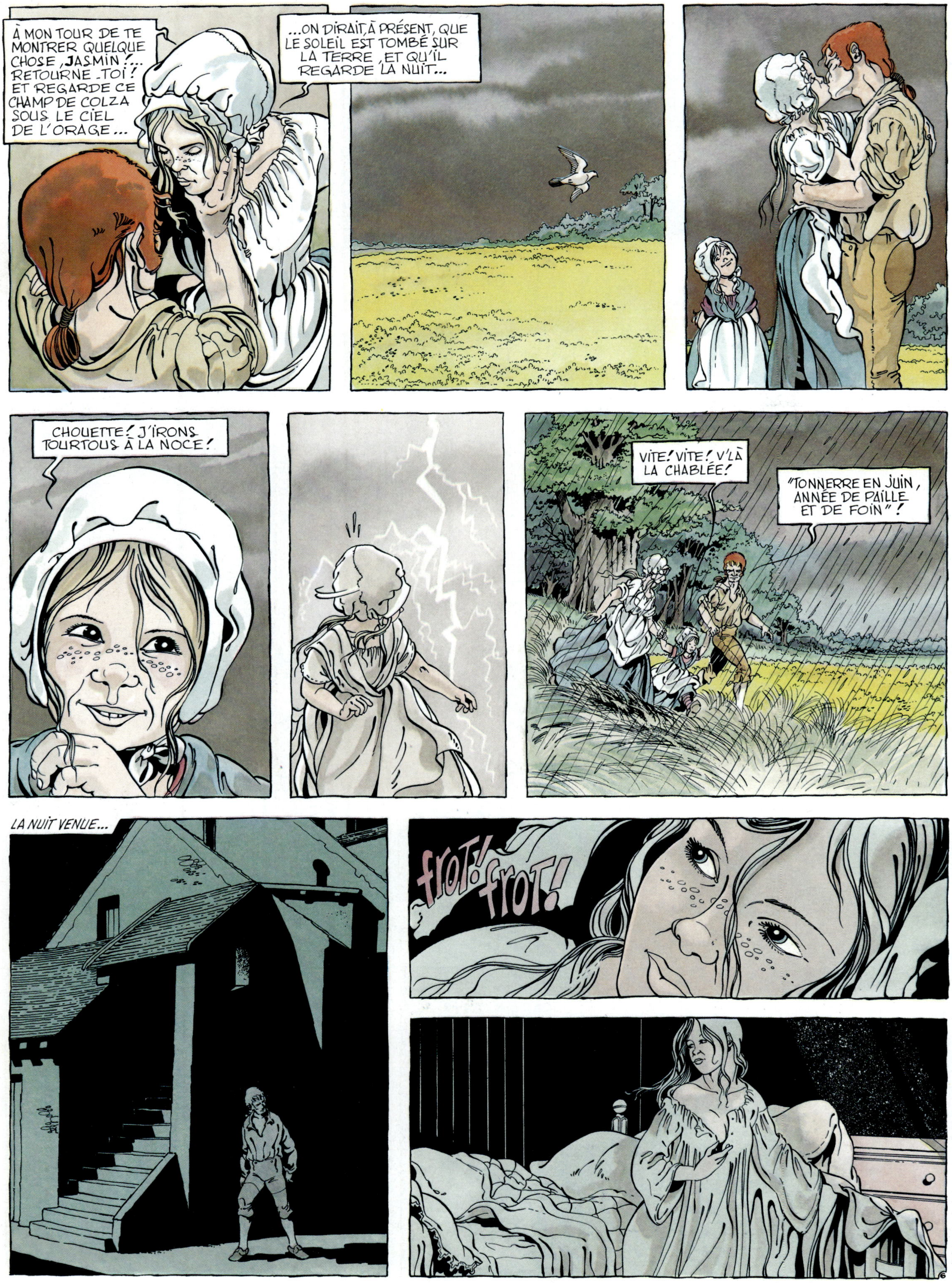
À MON TOUR DE TE MONTRER QUELQUE CHOSE, JASMIN!... RETOURNE-TOI! ET REGARDE CE CHAMP DE COLZA SOUS LE CIEL DE L'ORAGE...
...ON DIRAIT, À PRÉSENT, QUE LE SOLEIL EST TOMBÉ SUR LA TERRE, ET QU'IL REGARDE LA NUIT...
CHOUETTE! J'IRONS TOURTOUS À LA NOCE!
VITE! VITE! V'LÀ LA CHABLÉE!
"TONNERRE EN JUIN, ANNÉE DE PAILLE ET DE FOIN"!
LA NUIT VENUE...
frot! frot!

...MAIS TU ES FOU ?!... PAS ICI VOYONS !
JE SUIS MALADE !...
TU ES MALADE ?!...
CHU.U.UT !!... J'AI LE MAL DE TOI !...
IL EST BÊTE !
VIENS DANS LE GRENIER, LÀ, À CÔTÉ !...
...UNE CHANCE POUR NOUS QUE LE MARCHAND DE SABLE AIT PENSÉ À JETER UN PEU DU CONTENU DE SON SAC DANS LES OREILLES DE LA GRAND-MÈRE !
AH ! JEUNESSE ! JEUNESSE !... ELLE NE LES A PAS AUSSI ENSABLÉES QUE ÇA, SES PAUVRES VIEILLES ESGOURDES !...
...SI ELLE FERME LES YEUX, CE SOIR, ET SI ELLE FAIT SEMBLANT D'ÊTRE BIEN SOURDE, C'EST PARCE QU'ELLE ESTIME QUE LE BONHEUR A LE DROIT, ENFIN, DE PÉNÉTRER DANS CETTE MAISON...
C'EST BEAU, CHEZ VOUS, MA PRINCESSE !
VOUS ÊTES ICI DANS MON SALON, MONSEIGNEUR !

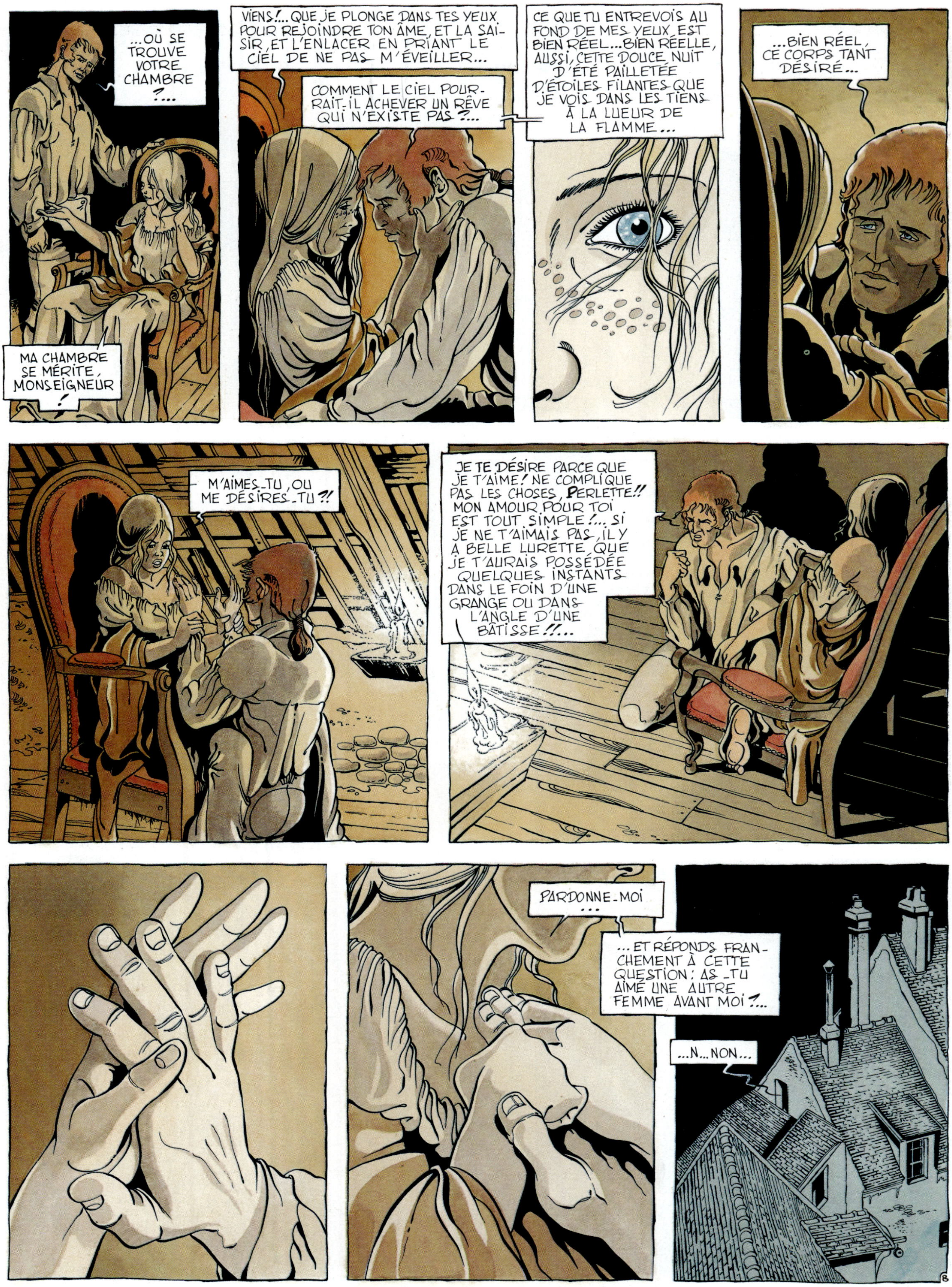
...OÙ SE TROUVE VOTRE CHAMBRE ?...
MA CHAMBRE SE MÉRITE, MONSEIGNEUR !
VIENS !... QUE JE PLONGE DANS TES YEUX POUR REJOINDRE TON ÂME, ET LA SAISIR, ET L'ENLACER EN PRIANT LE CIEL DE NE PAS M'ÉVEILLER...
COMMENT LE CIEL POURRAIT-IL ACHEVER UN RÊVE QUI N'EXISTE PAS ?...
CE QUE TU ENTREVOIS AU FOND DE MES YEUX EST BIEN RÉEL... BIEN RÉELLE, AUSSI, CETTE DOUCE NUIT D'ÉTÉ PAILLETÉE D'ÉTOILES FILANTES QUE JE VOIS DANS LES TIENS À LA LUEUR DE LA FLAMME...
...BIEN RÉEL, CE CORPS TANT DÉSIRÉ...
M'AIMES-TU, OU ME DÉSIRES-TU ?!
JE TE DÉSIRE PARCE QUE JE T'AIME ! NE COMPLIQUE PAS LES CHOSES, PERLETTE !! MON AMOUR POUR TOI EST TOUT SIMPLE !... SI JE NE T'AIMAIS PAS, IL Y A BELLE LURETTE QUE JE T'AURAIS POSSÉDÉE QUELQUES INSTANTS DANS LE FOIN D'UNE GRANGE OU DANS L'ANGLE D'UNE BÂTISSE !!...
PARDONNE-MOI...
...ET RÉPONDS FRANCHEMENT À CETTE QUESTION : AS-TU AIMÉ UNE AUTRE FEMME AVANT MOI ?...
...N... NON...

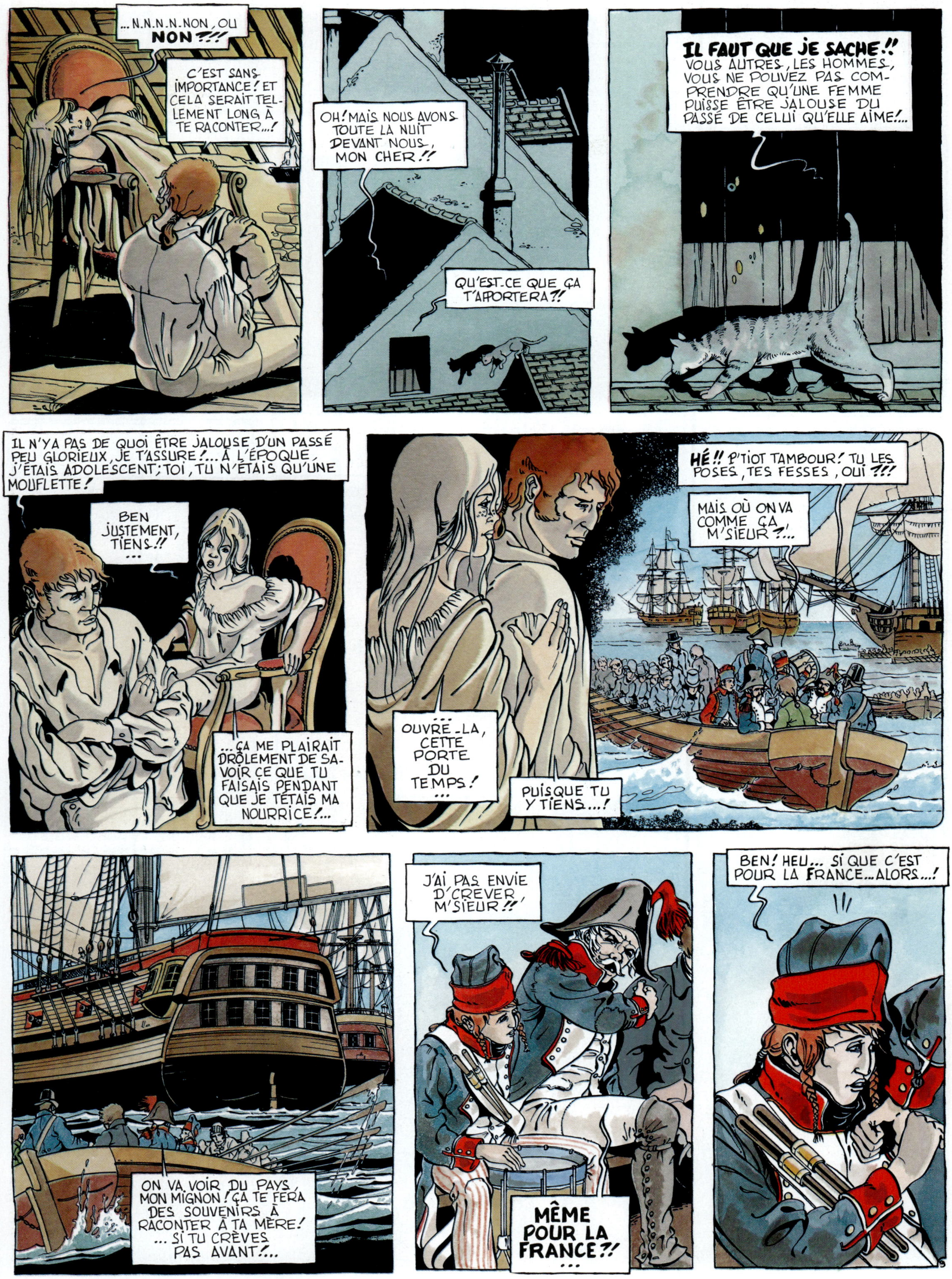
...N.N.N.N.NON, OU NON ?!!
C'EST SANS IMPORTANCE! ET CELA SERAIT TELLEMENT LONG À TE RACONTER...!
OH! MAIS NOUS AVONS TOUTE LA NUIT DEVANT NOUS, MON CHER!!
QU'EST-CE QUE ÇA T'APPORTERA ?!
IL FAUT QUE JE SACHE!! VOUS AUTRES, LES HOMMES, VOUS NE POUVEZ PAS COMPRENDRE QU'UNE FEMME PUISSE ÊTRE JALOUSE DU PASSÉ DE CELUI QU'ELLE AIME!...
IL N'Y A PAS DE QUOI ÊTRE JALOUSE D'UN PASSÉ PEU GLORIEUX, JE T'ASSURE!... À L'ÉPOQUE, J'ÉTAIS ADOLESCENT; TOI, TU N'ÉTAIS QU'UNE MOUFLETTE!
BEN JUSTEMENT, TIENS!! ...
...ÇA ME PLAIRAIT DRÔLEMENT DE SAVOIR CE QUE TU FAISAIS PENDANT QUE JE T'ÉTAIS MA NOURRICE!...
HÉ!! P'TIOT TAMBOUR! TU LES POSES, TES FESSES, OUI ?!!
MAIS OÙ ON VA COMME ÇA M'SIEUR ?!...
...OUVRE-LA, CETTE PORTE DU TEMPS! ...
PUISQUE TU Y TIENS...!
ON VA VOIR DU PAYS, MON MIGNON! ÇA TE FERA DES SOUVENIRS À RACONTER À TA MÈRE! ... SI TU CRÈVES PAS AVANT!...
J'AI PAS ENVIE D'CREVER, M'SIEUR!!
MÊME POUR LA FRANCE ?! ...
BEN! HEU... SI QUE C'EST POUR LA FRANCE... ALORS...!

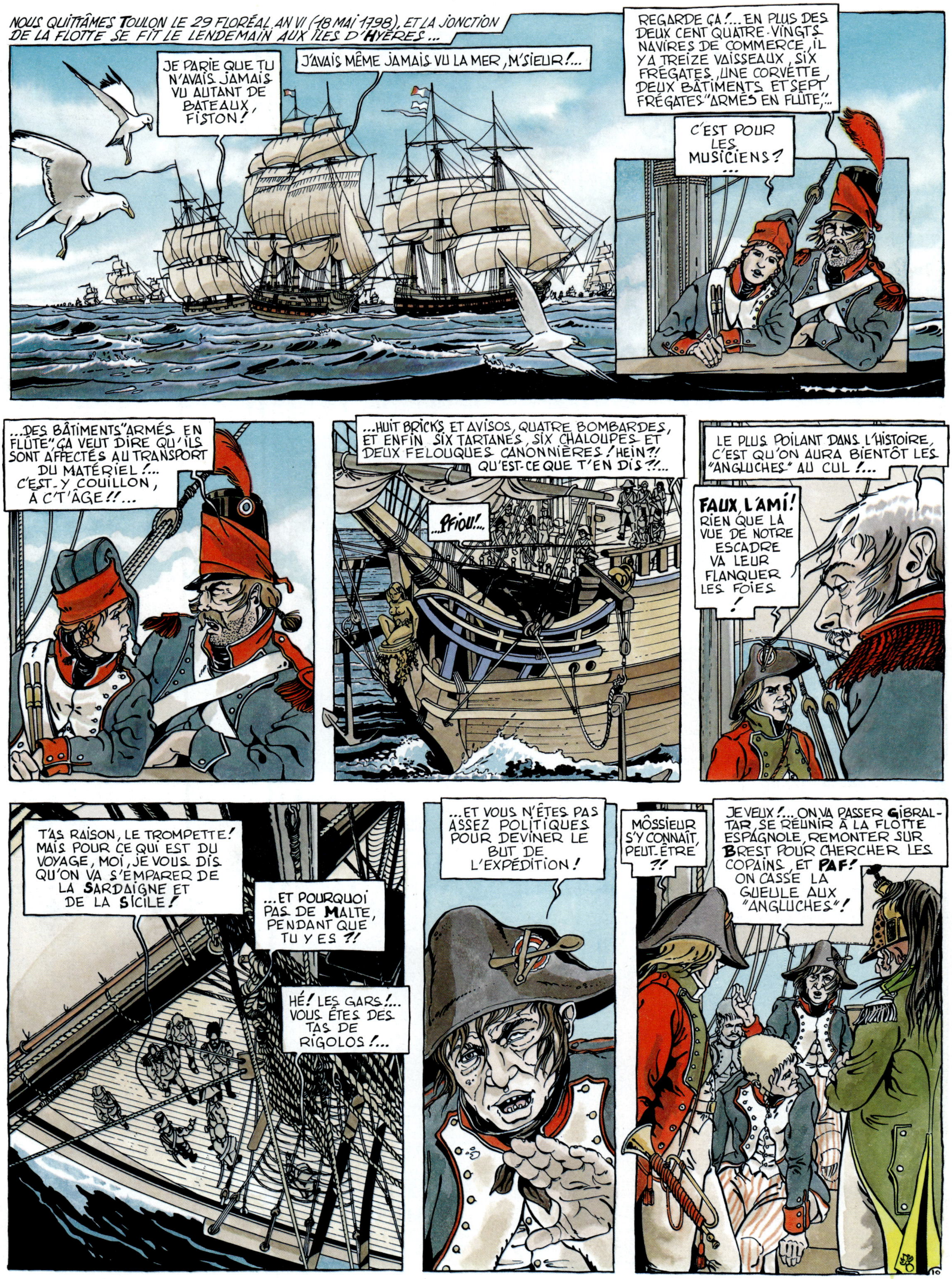

NOUS QUITTÂMES TOULON LE 29 FLORÉAL AN VI (18 MAI 1798), ET LA JONCTION DE LA FLOTTE SE FIT LE LENDEMAIN AUX ÎLES D'HYÈRES...
JE PARIE QUE TU N'AVAIS JAMAIS VU AUTANT DE BATEAUX, FISTON !
J'AVAIS MÊME JAMAIS VU LA MER, M'SIEUR !...
REGARDE ÇA !... EN PLUS DES DEUX CENT QUATRE-VINGTS NAVIRES DE COMMERCE, IL Y A TREIZE VAISSEAUX, SIX FRÉGATES, UNE CORVETTE, DEUX BÂTIMENTS ET SEPT FRÉGATES "ARMÉS EN FLÛTE"...
C'EST POUR LES MUSICIENS ?...
...DES BÂTIMENTS "ARMÉS EN FLÛTE", ÇA VEUT DIRE QU'ILS SONT AFFECTÉS AU TRANSPORT DU MATÉRIEL !... C'EST-Y COUILLON, À C'T'ÂGE !!...
...HUIT BRICKS ET AVISOS, QUATRE BOMBARDES, ET ENFIN SIX TARTANES, SIX CHALOUPES ET DEUX FELOUQUES CANONNIÈRES ! HEIN ?! QU'EST-CE QUE T'EN DIS ?!...
...PFIOU !...
LE PLUS POILANT DANS L'HISTOIRE, C'EST QU'ON AURA BIENTÔT LES "ANGLUCHES" AU CUL !...
FAUX, L'AMI ! RIEN QUE LA VUE DE NOTRE ESCADRE VA LEUR FLANQUER LES FOIES !
T'AS RAISON, LE TROMPETTE ! MAIS POUR CE QUI EST DU VOYAGE, MOI, JE VOUS DIS QU'ON VA S'EMPARER DE LA SARDAIGNE ET DE LA SICILE !
...ET POURQUOI PAS DE MALTE, PENDANT QUE TU Y ES ?!
HÉ ! LES GARS !... VOUS ÊTES DES TAS DE RIGOLOS !...
...ET VOUS N'ÊTES PAS ASSEZ POLITIQUES POUR DEVINER LE BUT DE L'EXPÉDITION !
MÔSSIEUR S'Y CONNAÎT, PEUT-ÊTRE ?!
JE VEUX !... ON VA PASSER GIBRALTAR, SE RÉUNIR À LA FLOTTE ESPAGNOLE, REMONTER SUR BREST POUR CHERCHER LES COPAINS, ET PAF ! ON CASSE LA GUEULE AUX "ANGLUCHES" !

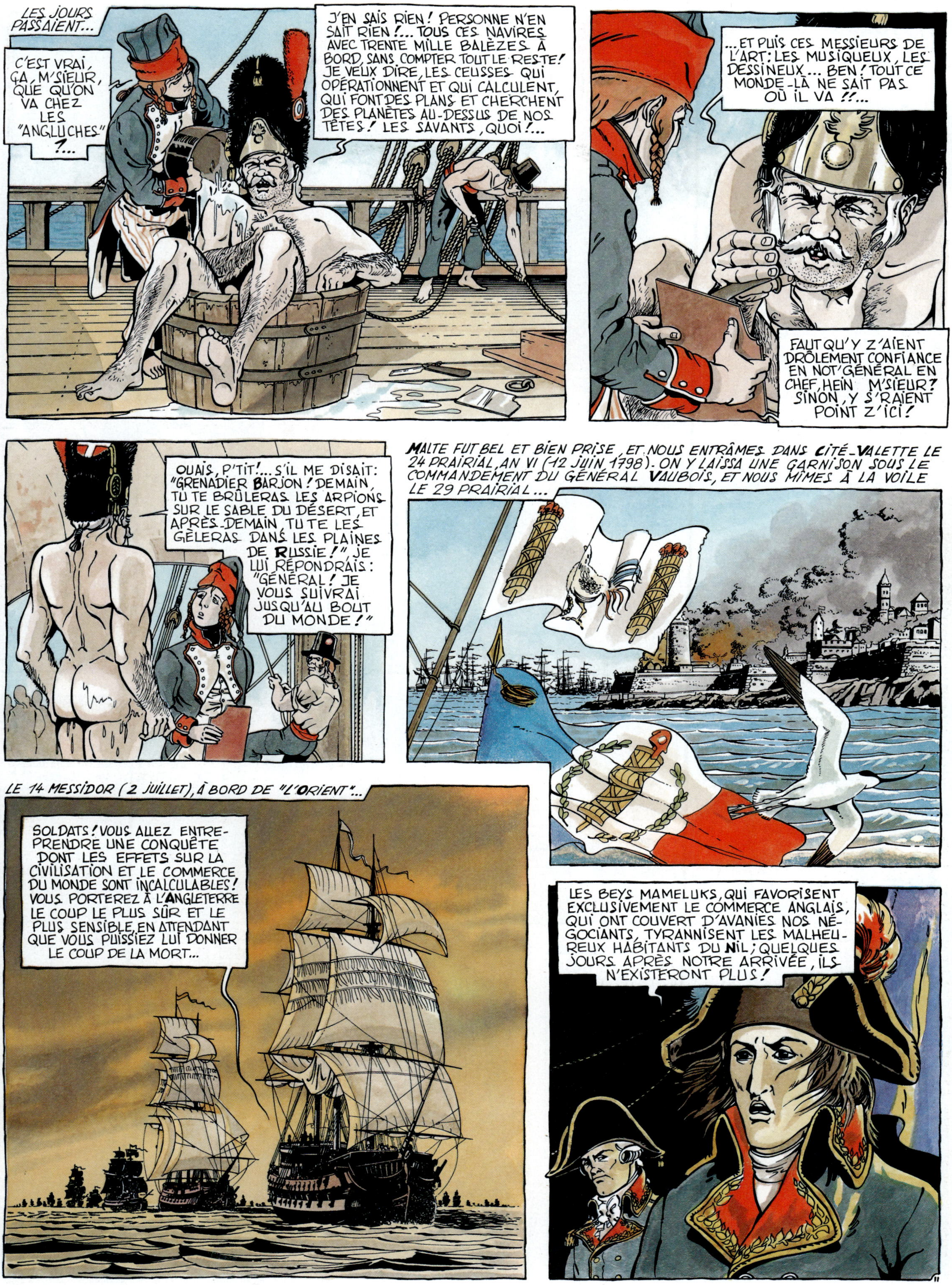
LES JOURS PASSAIENT...
C'EST VRAI, ÇA, M'SIEUR, QUE QU'ON VA CHEZ LES "ANGLUCHES" ?...
J'EN SAIS RIEN ! PERSONNE N'EN SAIT RIEN !... TOUS CES NAVIRES AVEC TRENTE MILLE BALÈZES À BORD, SANS COMPTER TOUT LE RESTE ! JE VEUX DIRE, LES CEUSSES QUI OPÉRATIONNENT ET QUI CALCULENT, QUI FONT DES PLANS ET CHERCHENT DES PLANÈTES AU-DESSUS DE NOS TÊTES ! LES SAVANTS, QUOI !...
...ET PUIS CES MESSIEURS DE L'ART : LES MUSIQUEUX, LES DESSINEUX... BEN ! TOUT CE MONDE-LÀ NE SAIT PAS OÙ IL VA !!...
FAUT QU'Y Z'AIENT DRÔLEMENT CONFIANCE EN NOT' GÉNÉRAL EN CHEF, HEIN M'SIEUR ? SINON, Y S'RAIENT POINT Z'ICI !
OUAIS, P'TIT !... S'IL ME DISAIT : "GRENADIER BARJON ! DEMAIN, TU TE BRÛLERAS LES ARPIONS SUR LE SABLE DU DÉSERT, ET APRÈS-DEMAIN, TU TE LES GÈLERAS DANS LES PLAINES DE RUSSIE !" JE LUI RÉPONDRAIS : "GÉNÉRAL ! JE VOUS SUIVRAI JUSQU'AU BOUT DU MONDE !"
MALTE FUT BEL ET BIEN PRISE, ET NOUS ENTRÂMES DANS CITÉ-VALETTE LE 24 PRAIRIAL, AN VI (12 JUIN 1798). ON Y LAISSA UNE GARNISON SOUS LE COMMANDEMENT DU GÉNÉRAL VAUBOIS, ET NOUS MÎMES À LA VOILE LE 29 PRAIRIAL...
LE 14 MESSIDOR (2 JUILLET), À BORD DE "L'ORIENT"...
SOLDATS ! VOUS ALLEZ ENTREPRENDRE UNE CONQUÊTE DONT LES EFFETS SUR LA CIVILISATION ET LE COMMERCE DU MONDE SONT INCALCULABLES ! VOUS PORTEREZ À L'ANGLETERRE LE COUP LE PLUS SÛR ET LE PLUS SENSIBLE, EN ATTENDANT QUE VOUS PUISSIEZ LUI DONNER LE COUP DE LA MORT...
LES BEYS MAMELUKS, QUI FAVORISENT EXCLUSIVEMENT LE COMMERCE ANGLAIS, QUI ONT COUVERT D'AVANIES NOS NÉGOCIANTS, TYRANNISENT LES MALHEUREUX HABITANTS DU NIL ; QUELQUES JOURS APRÈS NOTRE ARRIVÉE, ILS N'EXISTERONT PLUS !

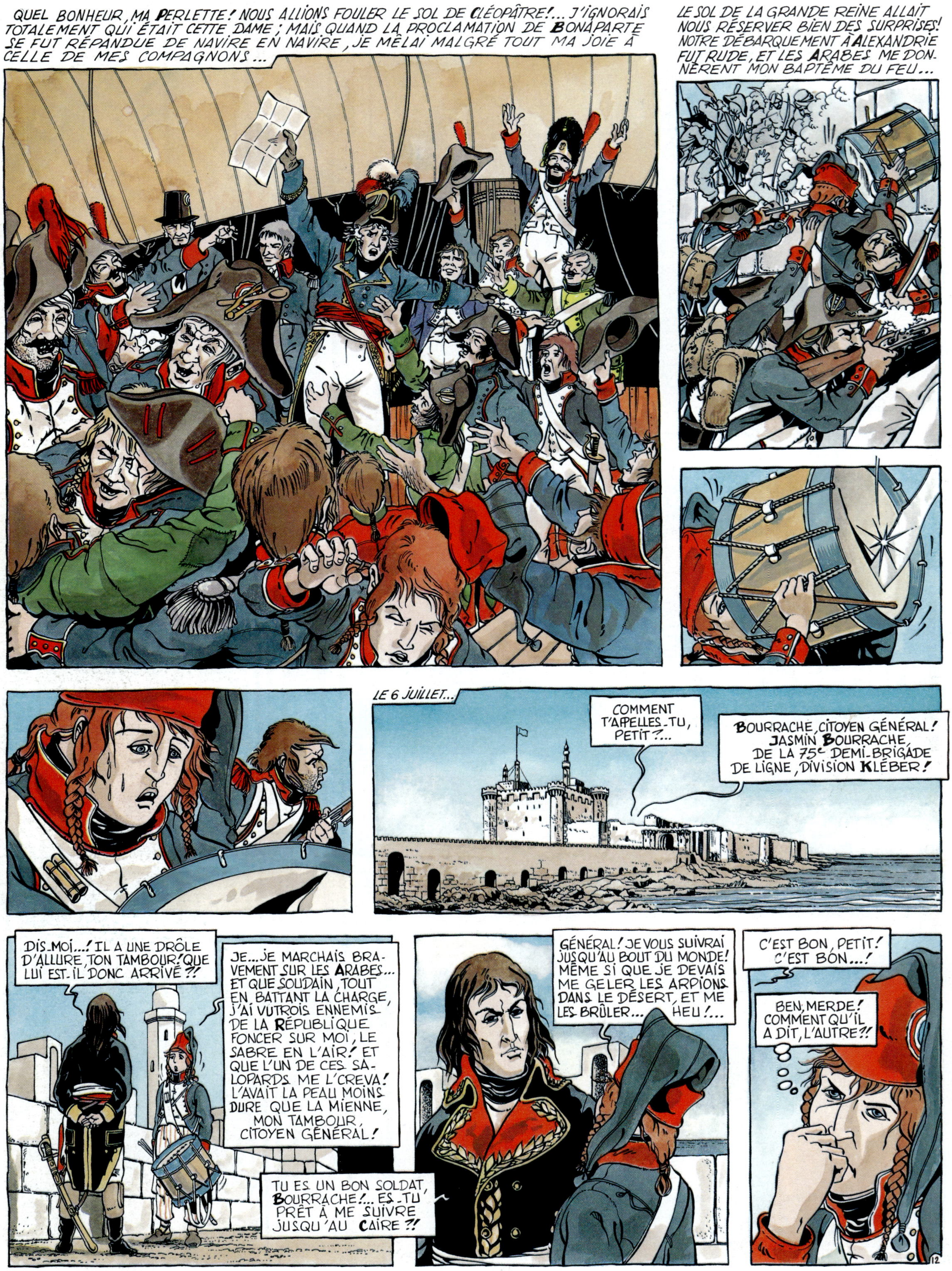

QUEL BONHEUR, MA PERLETTE! NOUS ALLIONS FOULER LE SOL DE CLÉOPÂTRE!... J'IGNORAIS TOTALEMENT QUI ÉTAIT CETTE DAME; MAIS QUAND LA PROCLAMATION DE BONAPARTE SE FUT RÉPANDUE DE NAVIRE EN NAVIRE, JE MÊLAI MALGRÉ TOUT MA JOIE À CELLE DE MES COMPAGNONS...
LE SOL DE LA GRANDE REINE ALLAIT NOUS RÉSERVER BIEN DES SURPRISES! NOTRE DÉBARQUEMENT À ALEXANDRIE FUT RUDE, ET LES ARABES ME DONNÈRENT MON BAPTÊME DU FEU...
LE 6 JUILLET...
COMMENT T'APPELLES-TU, PETIT?...
BOURRACHE, CITOYEN GÉNÉRAL! JASMIN BOURRACHE, DE LA 75e DEMI-BRIGADE DE LIGNE, DIVISION KLÉBER!
DIS-MOI...! IL A UNE DRÔLE D'ALLURE, TON TAMBOUR! QUE LUI EST-IL DONC ARRIVÉ?!
JE... JE MARCHAIS BRAVEMENT SUR LES ARABES... ET QUE SOUDAIN, TOUT EN BATTANT LA CHARGE, J'AI VU TROIS ENNEMIS DE LA RÉPUBLIQUE FONCER SUR MOI, LE SABRE EN L'AIR! ET QUE L'UN DE CES SALOPARDS ME L'CREVA! L'AVAIT LA PEAU MOINS DURE QUE LA MIENNE, MON TAMBOUR, CITOYEN GÉNÉRAL!
TU ES UN BON SOLDAT, BOURRACHE!... ES-TU PRÊT À ME SUIVRE JUSQU'AU CAIRE?!
GÉNÉRAL! JE VOUS SUIVRAI JUSQU'AU BOUT DU MONDE! MÊME SI QUE JE DEVAIS ME GELER LES ARPIONS DANS LE DÉSERT, ET ME LES BRÛLER... HEU!...
C'EST BON, PETIT! C'EST BON...!
BEN, MERDE! COMMENT QU'IL A DIT, L'AUTRE?!

KLÉBER, BLESSÉ À ALEXANDRIE, RESTA EN ARRIÈRE AVEC QUELQUES MILLIERS D'HOMMES DE TROUPE. NOTRE DIVISION PASSA SOUS LE COMMANDEMENT DE DUGUA, ET NOUS PARTÎMES POUR ROSETTE...
...AHHH...! QUAND ON SERA À ROSETTE, LES GARS, JE ME METTRAI FACE AU NIL, LA GUEULE OUVERTE, ET JE LE LAISSERAI COULER DANS MON GOSIER...!
TU NOUS EN LAISSERAS QUELQUES GOUTTES, VIEUX !...
MAIS ARRÊTEZ DE PARLER DE FLOTTE, DEVANT ! BON DIEU !!
8 JUILLET...
...IL AURA PLUS JAMAIS SOIF, CELUI-LÀ...
MARRE ! MARRE !! MAIS QU'EST-CE QU'ON FOUT DANS CE COCHON DE PAYS ?!!?
JE VEUX RENTRER CHEZ MOI !!

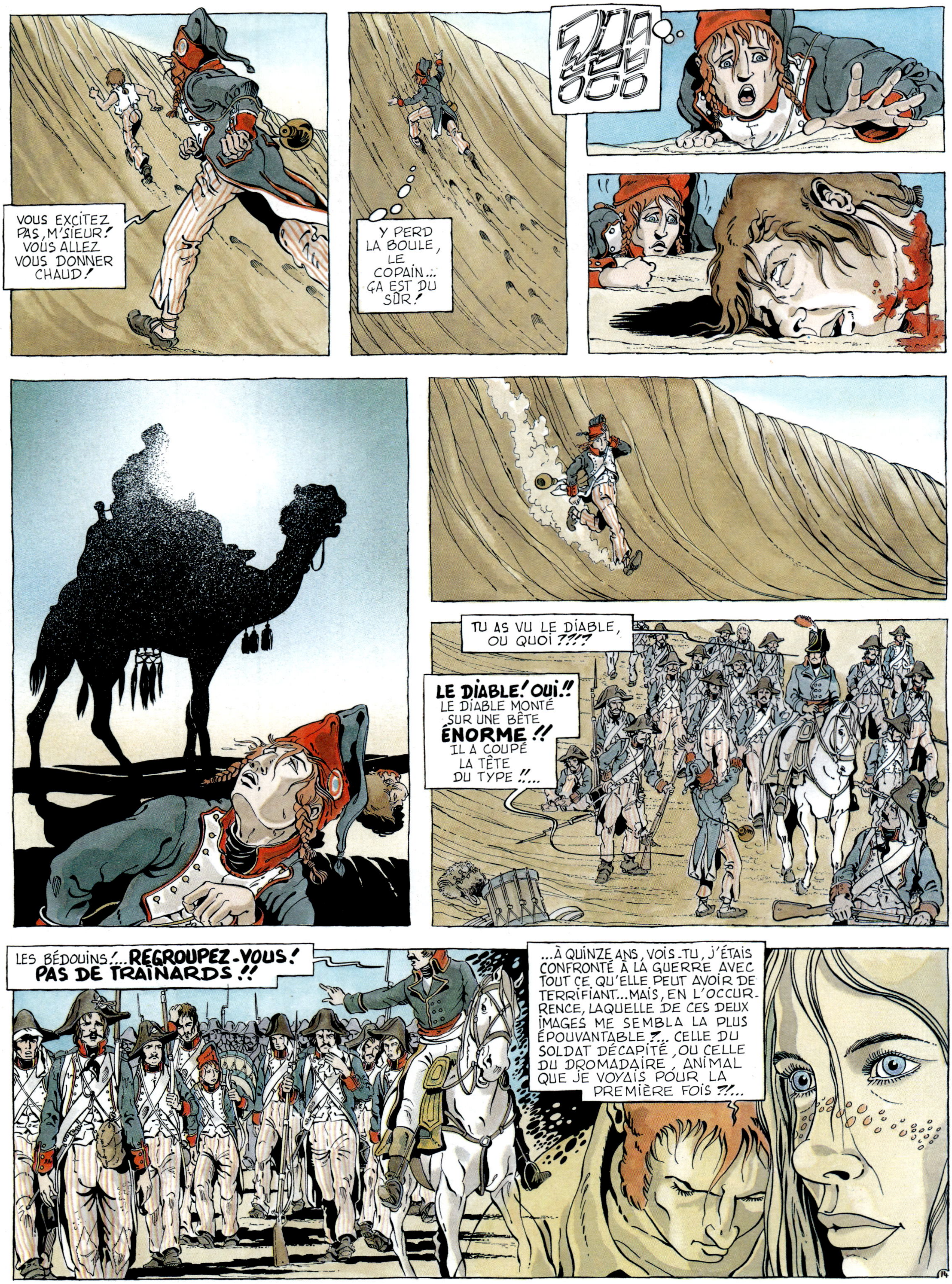
VOUS EXCITEZ PAS, M'SIEUR! VOUS ALLEZ VOUS DONNER CHAUD!
Y PERD LA BOULE, LE COPAIN... ÇA EST DU SÛR!
TU AS VU LE DIABLE, OU QUOI ?!!?
LE DIABLE! OUI!! LE DIABLE MONTÉ SUR UNE BÊTE ÉNORME!! IL A COUPÉ LA TÊTE DU TYPE!!...
LES BÉDOUINS!... REGROUPEZ-VOUS! PAS DE TRAINARDS!!
...À QUINZE ANS, VOIS-TU, J'ÉTAIS CONFRONTÉ À LA GUERRE AVEC TOUT CE QU'ELLE PEUT AVOIR DE TERRIFIANT... MAIS, EN L'OCCURRENCE, LAQUELLE DE CES DEUX IMAGES ME SEMBLA LA PLUS ÉPOUVANTABLE ?!... CELLE DU SOLDAT DÉCAPITÉ, OU CELLE DU DROMADAIRE, ANIMAL QUE JE VOYAIS POUR LA PREMIÈRE FOIS ?!...

...LE MÉLANGE DES DEUX, SANS DOUTE... EN TOUT CAS, POUR L'INSTANT, IL N'Y A PAS BEAUCOUP DE FEMMES DANS CETTE HISTOIRE DE PIEDS GRILLÉS ET DE GOSIERS SECS!...
J'Y ARRIVE, PERLETTE! SEULEMENT, IL A FALLU ENCORE BEAUCOUP SOUFFRIR AUPARAVANT...
CERTAINS DE NOS COPAINS SE SONT BRÛLÉ LA CERVELLE, PRIS D'UN DÉSESPOIR VIOLENT À LA VUE D'UN POINT D'EAU ASSÉCHÉ... D'AUTRES SONT MORTS POUR AVOIR AVALÉ UNE ESPÈCE DE BOUE JAUNÂTRE QUI, PENSAIENT-ILS, TROMPERAIT LEUR FAIM ET ÉTANCHERAIT LEUR SOIF...
QUAND NOUS PARVÎNMES EN VUE DU CAIRE, LE 21 JUILLET, C'EST UNE ARMÉE AUX PIEDS NUS ET EN SANG, AUX YEUX CREVÉS PAR TANT DE LUMIÈRE ET AUX BOYAUX SENS DESSUS DESSOUS À CAUSE DES PRIVATIONS, QUI REMPORTA LA VICTOIRE CONTRE LES TRENTE-CINQ MILLE MAMELUKS DE MOURAD BEY!
JE NE SAIS TROP PAR QUEL..."MIRACLE", JE ME RETROUVAIS À L'INTÉRIEUR DU CARRÉ DUGUA, AVEC LA CANTINIÈRE, LES ÂNES ET LES SAVANTS...
QU'EST-CE QU'Y T'ARRIVE, MON ROUQUIN ?!
Y Z'ONT ENCORE CREVÉ MON TAMBOUR, M'DAME!
DIS DONC, TOI!?! LA CREVURE EST SUR LE FOND! NON ?!...
BEN...
LA PREMIÈRE CREVURE, JE VEUX BIEN! ...À LA RIGUEUR...! MAIS LA DEUZE, CH'UIS PLUS D'ACCORD!!
UN TAMBOUR, MON ROUQUIN, ÇA SE TIENT COMME ÇA!
...PAS COMME ÇA!

UN INCIDENT BEAUCOUP PLUS IMPORTANT ALLAIT SURVENIR APRÈS LA BATAILLE... CERTAINS SOLDATS S'EN DONNÈRENT À CŒUR JOIE, DÉPOUILLANT LES MILLIERS DE CADAVRES MAMELUKS...
ÇA Y EST ! V'LÀ LES VAUTOURS ! ...
OUHAOO ! PUNAISE !... DES PIÈCES D'OR !!
DE QUOI ?!! ...
HALTE-LÀ ! JE LES AI VUES AVANT TOI, TIRE-BOULET !!
JE TE DIS QUE JE LES AI VUES AVANT TOI !... T'ES SOURD ?!
...M'EST AVIS QUE TU DEVRAIS ALLER FAIRE PASSER LES COULEURS DE TES FRINGUES SOUS UN AUTRE SOLEIL, BEAU BRUN !
DONNE ÇA !...
JAMAIS !!
AARA...
?!...
HÉ ! TOI, LÀ-BAS !!
16

OOOH!... MAIS JE TE RECONNAIS! JE T'AI VU, TOI, LE BRAVE, LE HÉROS QUI SE SERVAIT DE SON TAMBOUR COMME D'UN BOUCLIER! ...JE SENS QUE JE VAIS AVOIR QUELQUE CHOSE D'INTÉRESSANT À RACONTER AU GÉNÉRAL BONAPARTE...!
NON, M'SIEUR! FAITES PAS ÇA! DISEZ RIEN!!!
...QU'EST-CE QUE TU AS VU, LÀ-HAUT ?!... HEIN ?!
PAS DU BEAU! POUR SÛR!!
AAH! OUI ?!... "DISEZ RIEN!" ...ALORS, QU'EST-CE QUE TU AS VU, AU PIED DE LA PYRAMIDE ?!...
...RIEN... J'AI RIEN VI...
T'AS TOUT COMPRIS NEZ CROCHU!
CE SALAUD NE ME QUITTAIT PLUS D'UNE SEMELLE... J'AVAIS L'IMPRESSION D'AVOIR À MES CÔTÉS LA MATÉRIALISATION DE MON MAUVAIS ANGE... MAIS J'AVAIS TELLEMENT LA TROUILLE QU'ON APPRENNE UN JOUR MON MANQUE DE COURAGE, QU'ON ME DISE QUE J'ÉTAIS LE PREMIER À ME SERVIR D'UN BOUCLIER À MUSIQUE ET QU'ON ME TRAITE DE "LOIN-DES-BALLES"!...
17

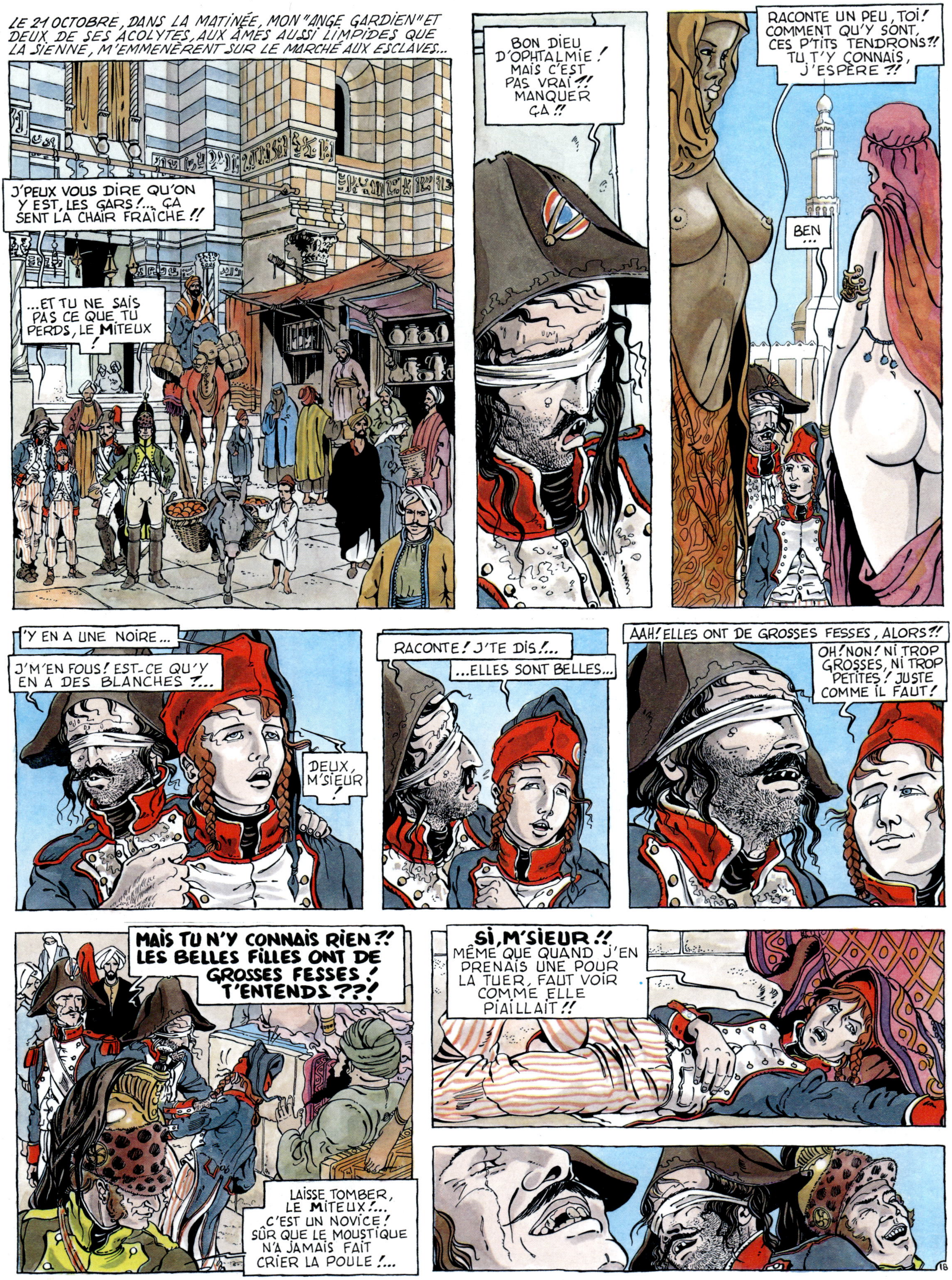
LE 21 OCTOBRE, DANS LA MATINÉE, MON "ANGE GARDIEN" ET DEUX DE SES ACOLYTES, AUX ÂMES AUSSI LIMPIDES QUE LA SIENNE, M'EMMENÈRENT SUR LE MARCHÉ AUX ESCLAVES...
J'PEUX VOUS DIRE QU'ON Y EST, LES GARS !... ÇA SENT LA CHAIR FRAÎCHE !!
...ET TU NE SAIS PAS CE QUE TU PERDS, LE MITEUX !
BON DIEU D'OPHTALMIE ! MAIS C'EST PAS VRAI !! MANQUER ÇA !!
RACONTE UN PEU, TOI ! COMMENT QU'Y SONT, CES P'TITS TENDRONS ?! TU T'Y CONNAIS, J'ESPÈRE ?!
BEN ...
'Y EN A UNE NOIRE...
J'M'EN FOUS ! EST-CE QU'Y EN A DES BLANCHES ?...
DEUX, M'SIEUR !
RACONTE ! J'TE DIS !...
...ELLES SONT BELLES...
AAH ! ELLES ONT DE GROSSES FESSES, ALORS ?!
OH ! NON ! NI TROP GROSSES, NI TROP PETITES ! JUSTE COMME IL FAUT !
MAIS TU N'Y CONNAIS RIEN ?! LES BELLES FILLES ONT DE GROSSES FESSES ! T'ENTENDS ??!
LAISSE TOMBER, LE MITEUX !... C'EST UN NOVICE ! SÛR QUE LE MOUSTIQUE N'A JAMAIS FAIT CRIER LA POULE !...
SI, M'SIEUR !! MÊME QUE QUAND J'EN PRENAIS UNE POUR LA TUER, FAUT VOIR COMME ELLE PIAILLAIT !!

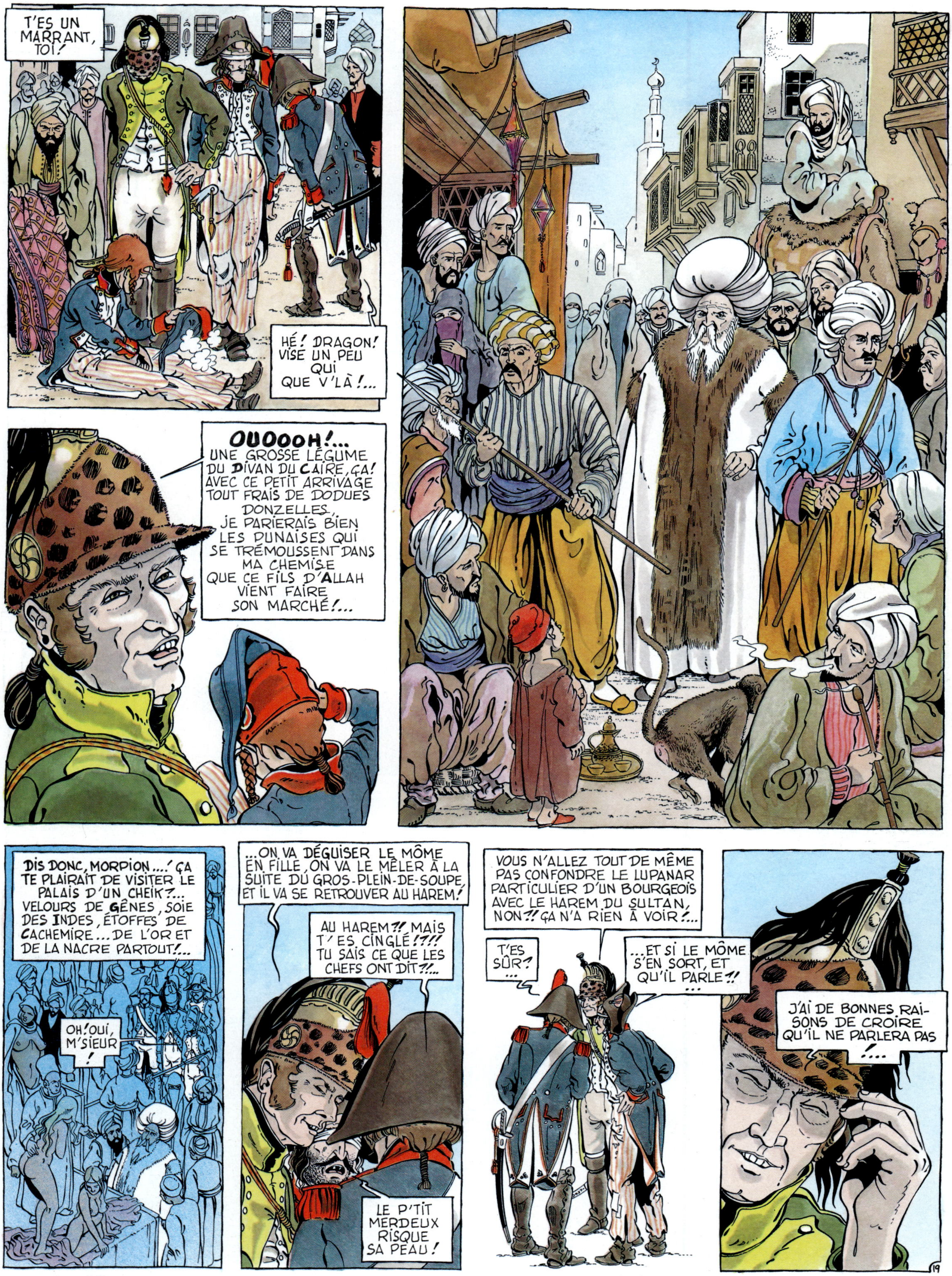
T'ES UN MARRANT, TOI!
HÉ! DRAGON! VISE UN PEU QUI QUE V'LÀ!...
OUDOOH!... UNE GROSSE LÉGUME DU DIVAN DU CAIRE, ÇA! AVEC CE PETIT ARRIVAGE TOUT FRAIS DE DODUES DONZELLES, JE PARIERAIS BIEN LES PUNAISES QUI SE TRÉMOUSSENT DANS MA CHEMISE QUE CE FILS D'ALLAH VIENT FAIRE SON MARCHÉ!...
DIS DONC, MORPION...! ÇA TE PLAIRAIT DE VISITER LE PALAIS D'UN CHEIK?... VELOURS DE GÊNES, SOIE DES INDES, ÉTOFFES DE CACHEMIRE... DE L'OR ET DE LA NACRE PARTOUT!...
OH! OUI, M'SIEUR!
...ON VA DÉGUISER LE MÔME EN FILLE, ON VA LE MÊLER À LA SUITE DU GROS-PLEIN-DE-SOUPE, ET IL VA SE RETROUVER AU HAREM!
AU HAREM?! MAIS T'ES CINGLÉ!?!! TU SAIS CE QUE LES CHEFS ONT DIT?!...
LE P'TIT MERDEUX RISQUE SA PEAU!
VOUS N'ALLEZ TOUT DE MÊME PAS CONFONDRE LE LUPANAR PARTICULIER D'UN BOURGEOIS AVEC LE HAREM DU SULTAN, NON?! ÇA N'A RIEN À VOIR!...
T'ES SÛR?...
...ET SI LE MÔME S'EN SORT, ET QU'IL PARLE?!...
J'AI DE BONNES RAISONS DE CROIRE QU'IL NE PARLERA PAS!...

OBÉISSANT À TOUT AVEUGLÉMENT, NE PENSANT MÊME PLUS À CE QUE J'AVAIS PU VOIR AUX PYRAMIDES, MAIS AYANT CONTINUELLEMENT AU FOND DE MOI LA TERREUR D'ÊTRE PRIS POUR UN DÉGONFLÉ, JE ME LAISSAI REVÊTIR D'UN HAÏK ACHETÉ RAPIDEMENT GRÂCE À L'UNE DES PIÈCES D'OR TROUVÉES PAR LE MALHEUREUX OUVRIER D'ARTILLERIE, ET J'ENTRAI DANS LES RANGS DE LA SUITE DU CHEIK... JE POUVAIS FAIRE ILLUSION UN MOMENT...
VA! VA!...
...ET J'ALLAI...
...J'ALLAI VERS BEAUCOUP DE PLAISIRS, CERTES...!
...MAIS AUSSI VERS BEAUCOUP D'ENNUIS!...

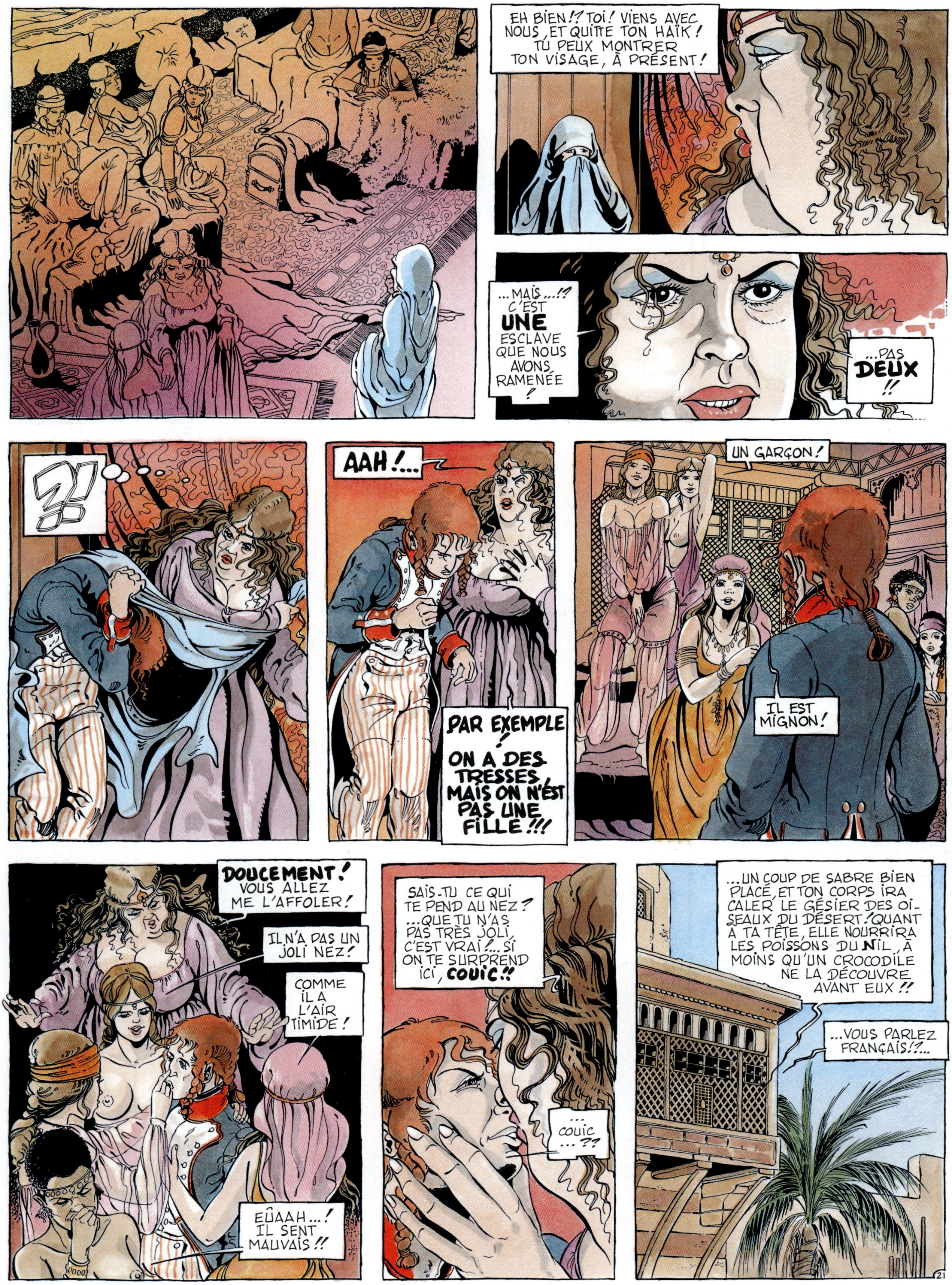
EH BIEN!? TOI! VIENS AVEC NOUS, ET QUITTE TON HAÏK! TU PEUX MONTRER TON VISAGE, À PRÉSENT!
...MAIS...!? C'EST UNE ESCLAVE QUE NOUS AVONS RAMENÉE!
...PAS DEUX!!
?!
AAH!...
PAR EXEMPLE! ON A DES TRESSES, MAIS ON N'EST PAS UNE FILLE!!!
UN GARÇON!
IL EST MIGNON!
DOUCEMENT! VOUS ALLEZ ME L'AFFOLER!
IL N'A PAS UN JOLI NEZ!
COMME IL A L'AIR TIMIDE!
EÛAAH...! IL SENT MAUVAIS!!
SAIS-TU CE QUI TE PEND AU NEZ? ...QUE TU N'AS PAS TRÈS JOLI, C'EST VRAI!... SI ON TE SURPREND ICI, COUIC!!
...COUIC...??
...UN COUP DE SABRE BIEN PLACÉ, ET TON CORPS IRA CALER LE GÉSIER DES OISEAUX DU DÉSERT! QUANT À TA TÊTE, ELLE NOURRIRA LES POISSONS DU NIL, À MOINS QU'UN CROCODILE NE LA DÉCOUVRE AVANT EUX!!
...VOUS PARLEZ FRANÇAIS!?...
21

C'EST TOUT CE QUE TU TROUVES À RÉPONDRE ?!! ÇA NE TE FAIT DONC RIEN DE SAVOIR QUE TU VAS MOURIR SI L'EUNUQUE TE VOIT ICI ?!!
... LE NUQUE ?...
L'EUNUQUE, OUI !! CE GROS COCHON DE VOYEUR QUE TU AS VU DEVANT LA PORTE, ET QUI FAIT OFFICE DE VALET DE CHAMBRE !
NEHDA ! ON NE VA PAS LE LAISSER AUX VAUTOURS ET AUX POISSONS ! IL FAUT LE CACHER !
VOUS NE CRAIGNEZ PAS QUE SON ODEUR TRAHISSE SA PRÉSENCE ?!?
...BON ! ALLEZ ! DÉSHABILLE-TOI, GARÇON ! ET DIS-MOI... DEPUIS QUAND NE T'ES-TU PAS SERVI D'UN BOUT DE SAVON ?!...
QUATRE MOIS, M'DAME !... PEUT-ÊTRE CINQ...!
DIEU DU CIEL !!! ÇA NE SERA PAS DU LUXE, CETTE TOILETTE !... FLORINE ! VA TE PLACER PRÈS DE LA PORTE, ET PRENDS GARDE À CE QUE LE GROS COCHON N'ENTRE PAS BRUTALEMENT, COMME À SON HABITUDE !
DÉPÊCHE-TOI ! TU REGARDERAS LES BEAUX YEUX DE FLORINE PLUS TARD !
...ET PUIS ENLÈVE-MOI CETTE CULOTTE ! TU NE VAS PAS PRENDRE UN BAIN AVEC ELLE, TOUT DE MÊME ?!
22

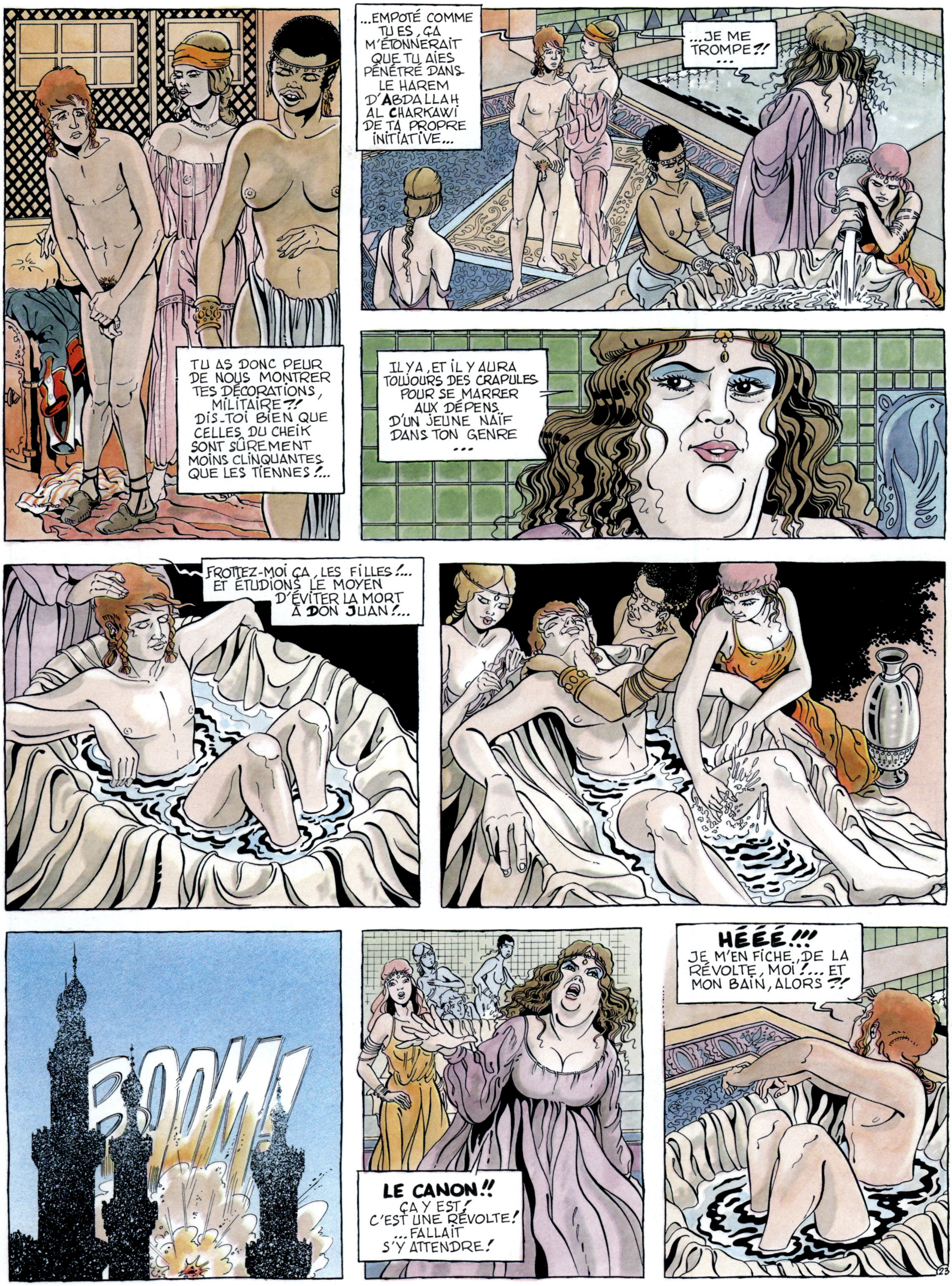
...EMPOTÉ COMME TU ES, ÇA M'ÉTONNERAIT QUE TU AIES PÉNÉTRÉ DANS LE HAREM D'ABDALLAH AL CHARKAWI DE TA PROPRE INITIATIVE...
...JE ME TROMPE ?! ...
TU AS DONC PEUR DE NOUS MONTRER TES DÉCORATIONS, MILITAIRE ?! DIS-TOI BIEN QUE CELLES DU CHEIK SONT SÛREMENT MOINS CLINQUANTES QUE LES TIENNES !...
IL Y A, ET IL Y AURA TOUJOURS DES CRAPULES POUR SE MARRER AUX DÉPENS D'UN JEUNE NAÏF DANS TON GENRE ...
FROTTEZ-MOI ÇA, LES FILLES !... ET ÉTUDIONS LE MOYEN D'ÉVITER LA MORT À DON JUAN !...
BOOM !
LE CANON !! ÇA Y EST ! C'EST UNE RÉVOLTE ! ...FALLAIT S'Y ATTENDRE !
HÉÉÉ !!! JE M'EN FICHE, DE LA RÉVOLTE, MOI !... ET MON BAIN, ALORS ?!

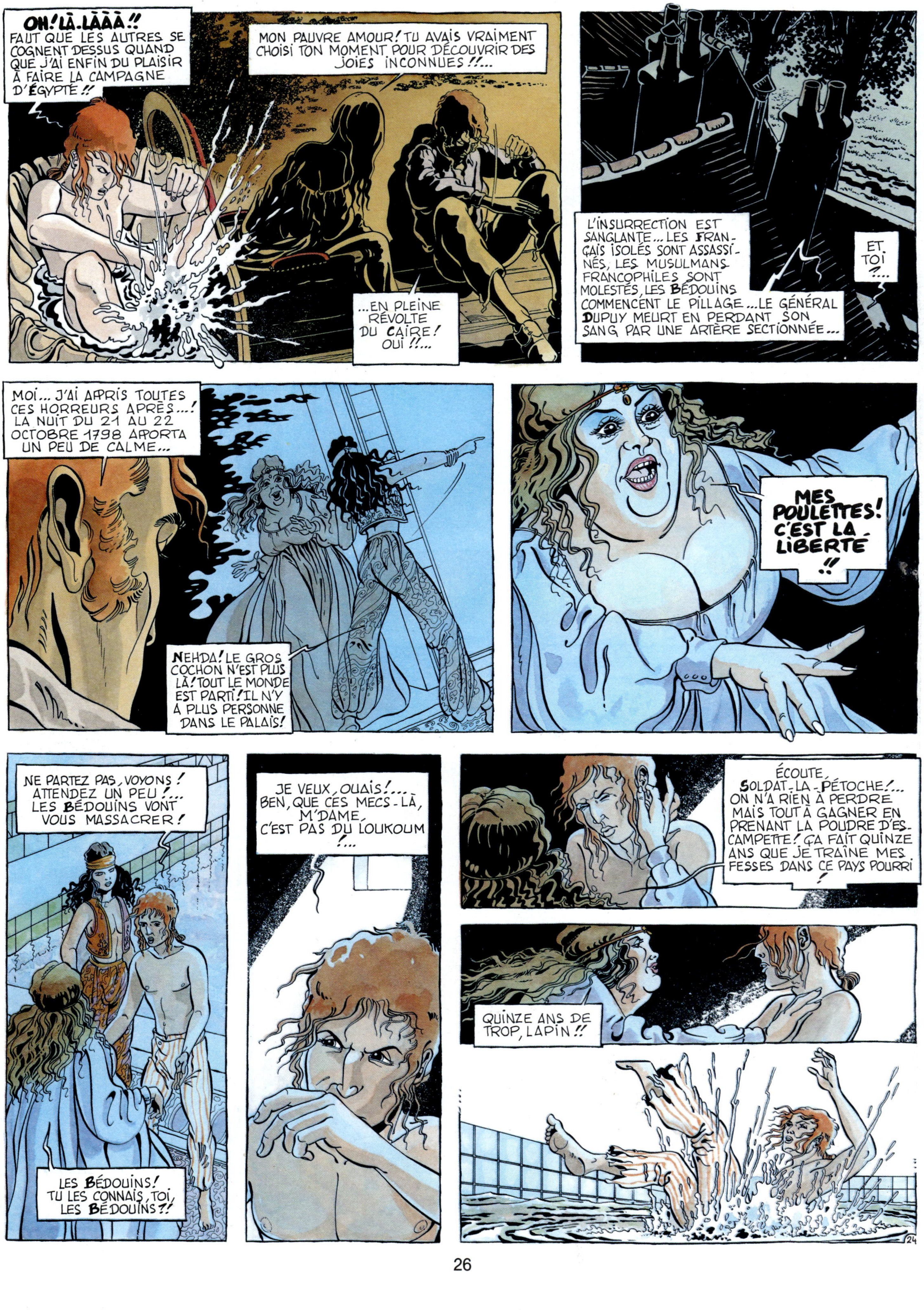

OH! LÀ-LÀÀÀ!! FAUT QUE LES AUTRES SE COGNENT DESSUS QUAND QUE J'AI ENFIN DU PLAISIR À FAIRE LA CAMPAGNE D'ÉGYPTE!!
MON PAUVRE AMOUR! TU AVAIS VRAIMENT CHOISI TON MOMENT POUR DÉCOUVRIR DES JOIES INCONNUES!!...
...EN PLEINE RÉVOLTE DU CAIRE! OUI!!...
L'INSURRECTION EST SANGLANTE... LES FRANÇAIS ISOLÉS SONT ASSASSINÉS, LES MUSULMANS FRANCOPHILES SONT MOLESTÉS, LES BÉDOUINS COMMENCENT LE PILLAGE... LE GÉNÉRAL DUPUY MEURT EN PERDANT SON SANG PAR UNE ARTÈRE SECTIONNÉE...
ET TOI ?...
MOI... J'AI APPRIS TOUTES CES HORREURS APRÈS...! LA NUIT DU 21 AU 22 OCTOBRE 1798 APPORTA UN PEU DE CALME...
NEHDA! LE GROS COCHON N'EST PLUS LÀ! TOUT LE MONDE EST PARTI! IL N'Y A PLUS PERSONNE DANS LE PALAIS!
MES POULETTES! C'EST LA LIBERTÉ !!
NE PARTEZ PAS, VOYONS! ATTENDEZ UN PEU!... LES BÉDOUINS VONT VOUS MASSACRER!
LES BÉDOUINS! TU LES CONNAIS, TOI, LES BÉDOUINS?!
JE VEUX, OUAIS!... BEN, QUE CES MECS-LÀ, M'DAME, C'EST PAS DU LOUKOUM!...
ÉCOUTE, SOLDAT-LA-PÉTOCHE!... ON N'A RIEN À PERDRE MAIS TOUT À GAGNER EN PRENANT LA POUDRE D'ESCAMPETTE! ÇA FAIT QUINZE ANS QUE JE TRAÎNE MES FESSES DANS CE PAYS POURRI!
QUINZE ANS DE TROP, LAPIN!!

JE VEUX REVOIR LE PAYS !... JE VEUX REVOIR FOURVIÈRE, St JEAN ET LA MONTÉE DU GOURGUILLON... TU COMPRENDS ÇA, MON GONE ?!
JE RESTE AVEC LUI...
MAIS, NEHDA...
NEHDA ?!! IL N'Y A PLUS DE NEHDA !!
MORTE, NEHDA !!! JE M'APPELLE JULIE-MARGUERITE TROMPIER ! ET JE RENTRE CHEZ MOI !!
...EH BIEN RESTE, MA FILLE !... SI CE PUCEAU T'A TAPÉ DANS L'ŒIL, JE N'Y VOIS AUCUN INCONVÉNIENT ! À PRÉSENT, C'EST CHACUN POUR SOI !
VIENS AVEC NOUS, TOI, LA NOUVELLE ! EN AS-TU DE LA CHANCE !... JE CONNAIS PEU DE FEMMES QUI NE SOIENT RESTÉES QUE QUELQUES HEURES AU HAREM !...
LA CAGE EST OUVERTE... MAIS TOUS LES OISEAUX NE SONT PAS PRÉPARÉS À RETROUVER LEUR LIBERTÉ...
C'EST BEAU CE QUE TU DIS !... C'EST COMME DE LA MUSIQUE...
COMMENT T'APPELLES-TU ?...
BOURRACHE ! JASMIN BOURRACHE, TAMBOUR À LA 75e DEMI-BRIGADE DE LIGNE, DIVISION KLÉBER !...
OOH ! ALORS...! LA MUSIQUE, C'EST TON DOMAINE !... MOZART, TU CONNAIS ?...
...MOZART... ? IL EST TAMBOUR À LA 75e ?...
25

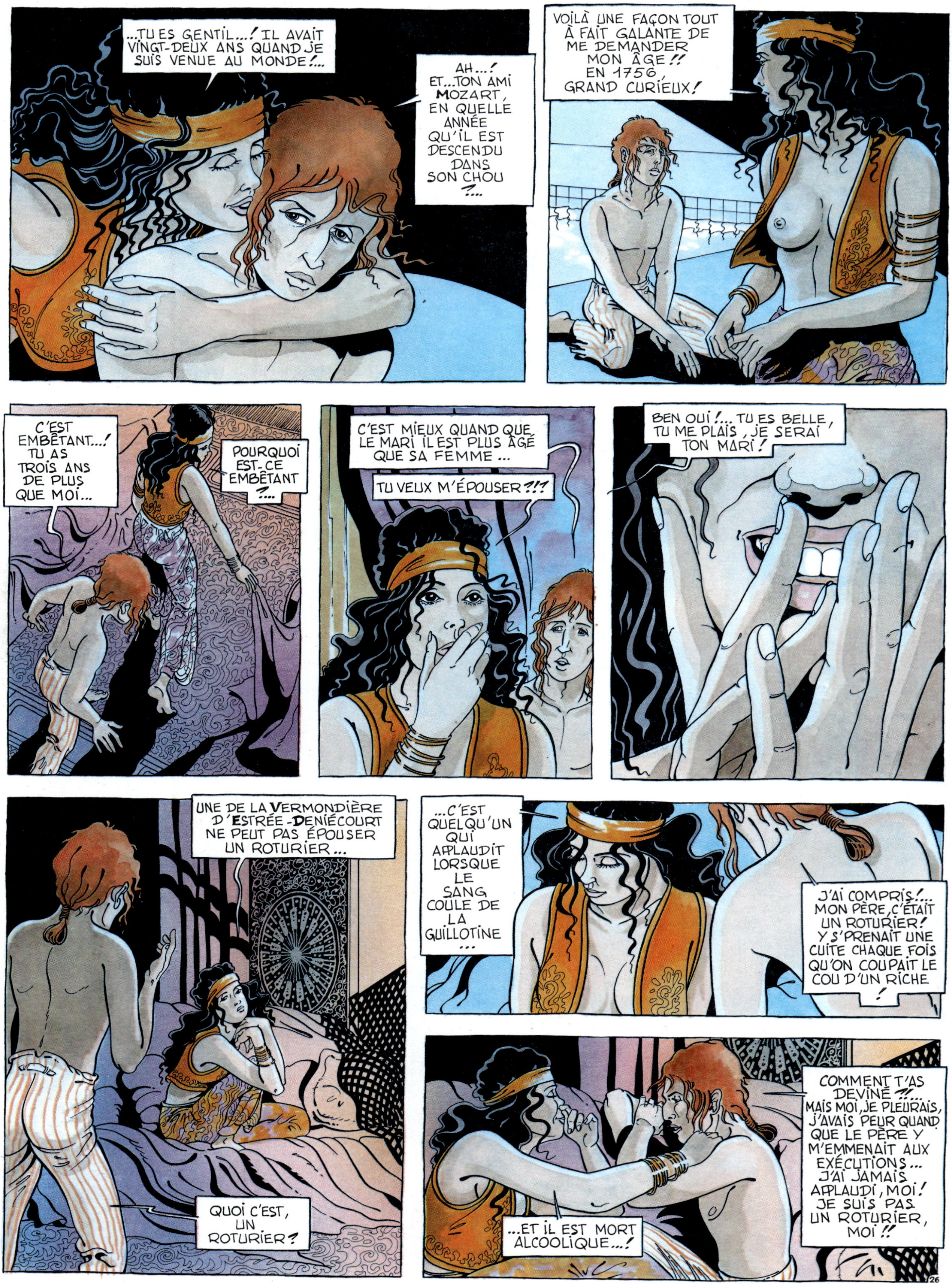
...TU ES GENTIL...! IL AVAIT VINGT-DEUX ANS QUAND JE SUIS VENUE AU MONDE!...
AH...! ET...TON AMI MOZART, EN QUELLE ANNÉE QU'IL EST DESCENDU DANS SON CHOU ?...
VOILÀ UNE FAÇON TOUT À FAIT GALANTE DE ME DEMANDER MON ÂGE!! EN 1756, GRAND CURIEUX!
C'EST EMBÊTANT...! TU AS TROIS ANS DE PLUS QUE MOI...
POURQUOI EST-CE EMBÊTANT ?...
C'EST MIEUX QUAND QUE LE MARI IL EST PLUS ÂGÉ QUE SA FEMME...
TU VEUX M'ÉPOUSER ?!!
BEN OUI!... TU ES BELLE, TU ME PLAIS, JE SERAI TON MARI!
UNE DE LA VERMONDIÈRE D'ESTRÉE-DENIÉCOURT NE PEUT PAS ÉPOUSER UN ROTURIER...
QUOI C'EST, UN ROTURIER?
...C'EST QUELQU'UN QUI APLAUDIT LORSQUE LE SANG COULE DE LA GUILLOTINE...
J'AI COMPRIS!... MON PÈRE, C'ÉTAIT UN ROTURIER! Y S'PRENAIT UNE CUITE CHAQUE FOIS QU'ON COUPAIT LE COU D'UN RICHE!
...ET IL EST MORT ALCOOLIQUE...!
COMMENT T'AS DEVINÉ ?!... MAIS MOI, JE PLEURAIS, J'AVAIS PEUR QUAND QUE LE PÈRE Y M'EMMENAIT AUX EXÉCUTIONS... J'AI JAMAIS APLAUDI, MOI! JE SUIS PAS UN ROTURIER, MOI!!
26

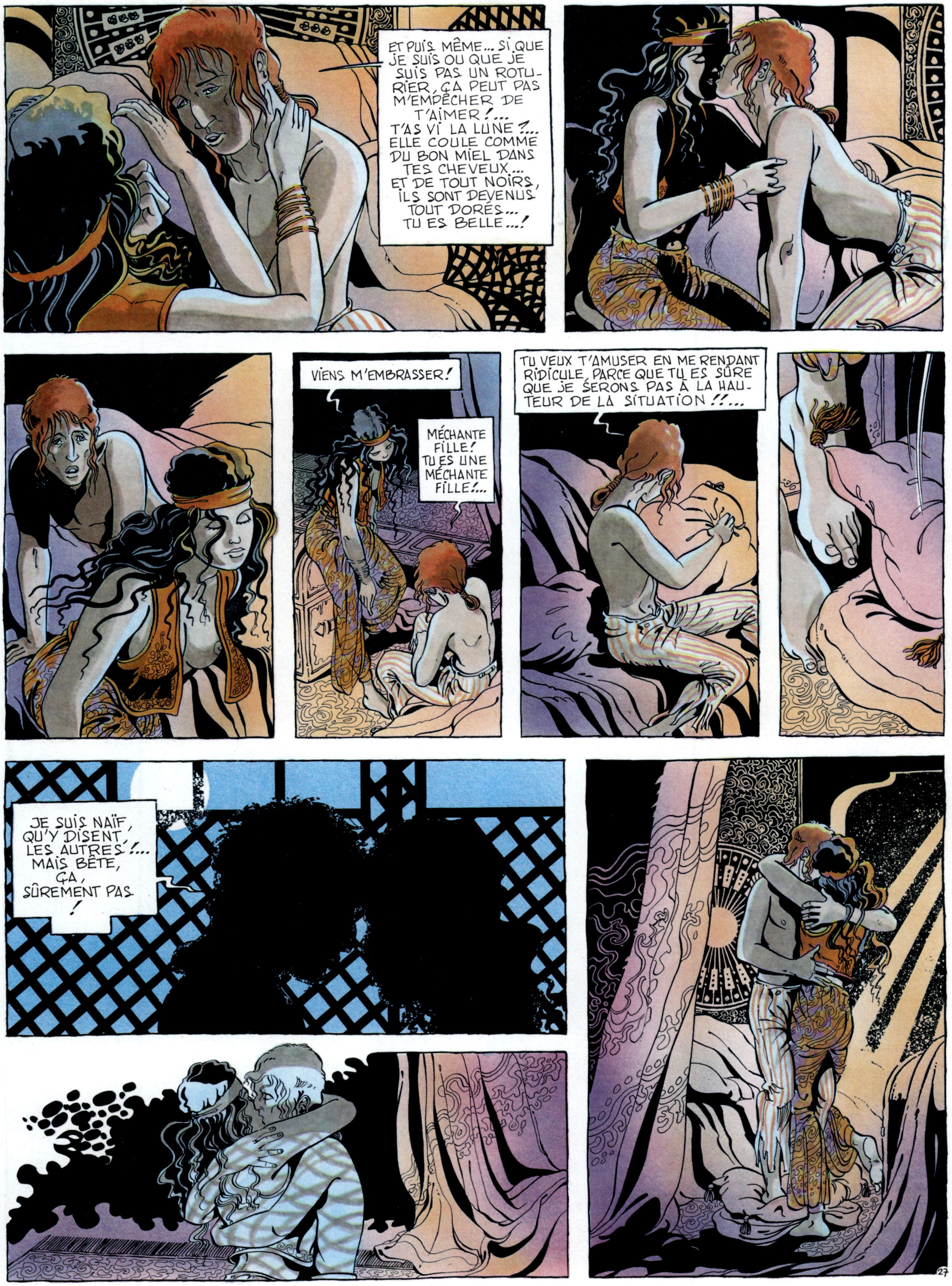
ET PUIS MÊME... SI QUE JE SUIS OU QUE JE SUIS PAS UN ROTURIER, ÇA PEUT PAS M'EMPÊCHER DE T'AIMER !... T'AS VI LA LUNE ?... ELLE COULE COMME DU BON MIEL DANS TES CHEVEUX... ET DE TOUT NOIRS, ILS SONT DEVENUS TOUT DORÉS... TU ES BELLE...!
VIENS M'EMBRASSER !
MÉCHANTE FILLE ! TU ES UNE MÉCHANTE FILLE !...
TU VEUX T'AMUSER EN ME RENDANT RIDICULE, PARCE QUE TU ES SÛRE QUE JE SERONS PAS À LA HAUTEUR DE LA SITUATION !!...
JE SUIS NAÏF, QU'Y DISENT, LES AUTRES !... MAIS BÊTE, ÇA, SÛREMENT PAS !
27

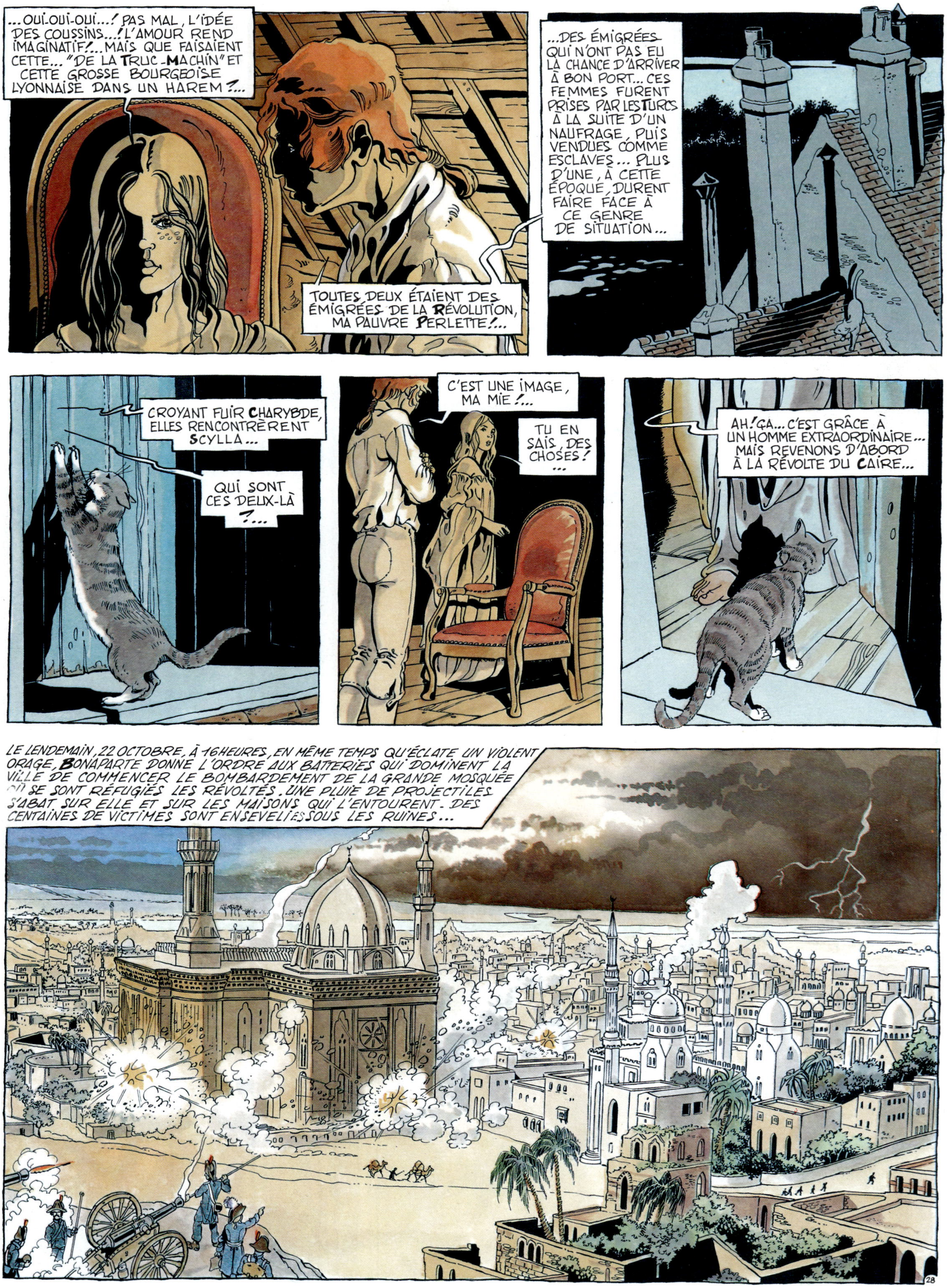
...OUI-OUI-OUI...! PAS MAL, L'IDÉE DES COUSSINS...! L'AMOUR REND IMAGINATIF!... MAIS QUE FAISAIENT CETTE... "DE LA TRUC-MACHIN" ET CETTE GROSSE BOURGEOISE LYONNAISE DANS UN HAREM ?...
TOUTES DEUX ÉTAIENT DES ÉMIGRÉES DE LA RÉVOLUTION, MA PAUVRE PERLETTE!...
...DES ÉMIGRÉES QUI N'ONT PAS EU LA CHANCE D'ARRIVER À BON PORT... CES FEMMES FURENT PRISES PAR LES TURCS À LA SUITE D'UN NAUFRAGE, PUIS VENDUES COMME ESCLAVES... PLUS D'UNE, À CETTE ÉPOQUE, DURENT FAIRE FACE À CE GENRE DE SITUATION...
CROYANT FUIR CHARYBDE, ELLES RENCONTRÈRENT SCYLLA...
QUI SONT CES DEUX-LÀ ?...
C'EST UNE IMAGE, MA MIE!...
TU EN SAIS, DES CHOSES! ...
AH! ÇA... C'EST GRÂCE À UN HOMME EXTRAORDINAIRE... MAIS REVENONS D'ABORD À LA RÉVOLTE DU CAIRE...
LE LENDEMAIN, 22 OCTOBRE, À 16 HEURES, EN MÊME TEMPS QU'ÉCLATE UN VIOLENT ORAGE, BONAPARTE DONNE L'ORDRE AUX BATTERIES QUI DOMINENT LA VILLE DE COMMENCER LE BOMBARDEMENT DE LA GRANDE MOSQUÉE OÙ SE SONT RÉFUGIÉS LES RÉVOLTÉS. UNE PLUIE DE PROJECTILES S'ABAT SUR ELLE ET SUR LES MAISONS QUI L'ENTOURENT. DES CENTAINES DE VICTIMES SONT ENSEVELIES SOUS LES RUINES...
28

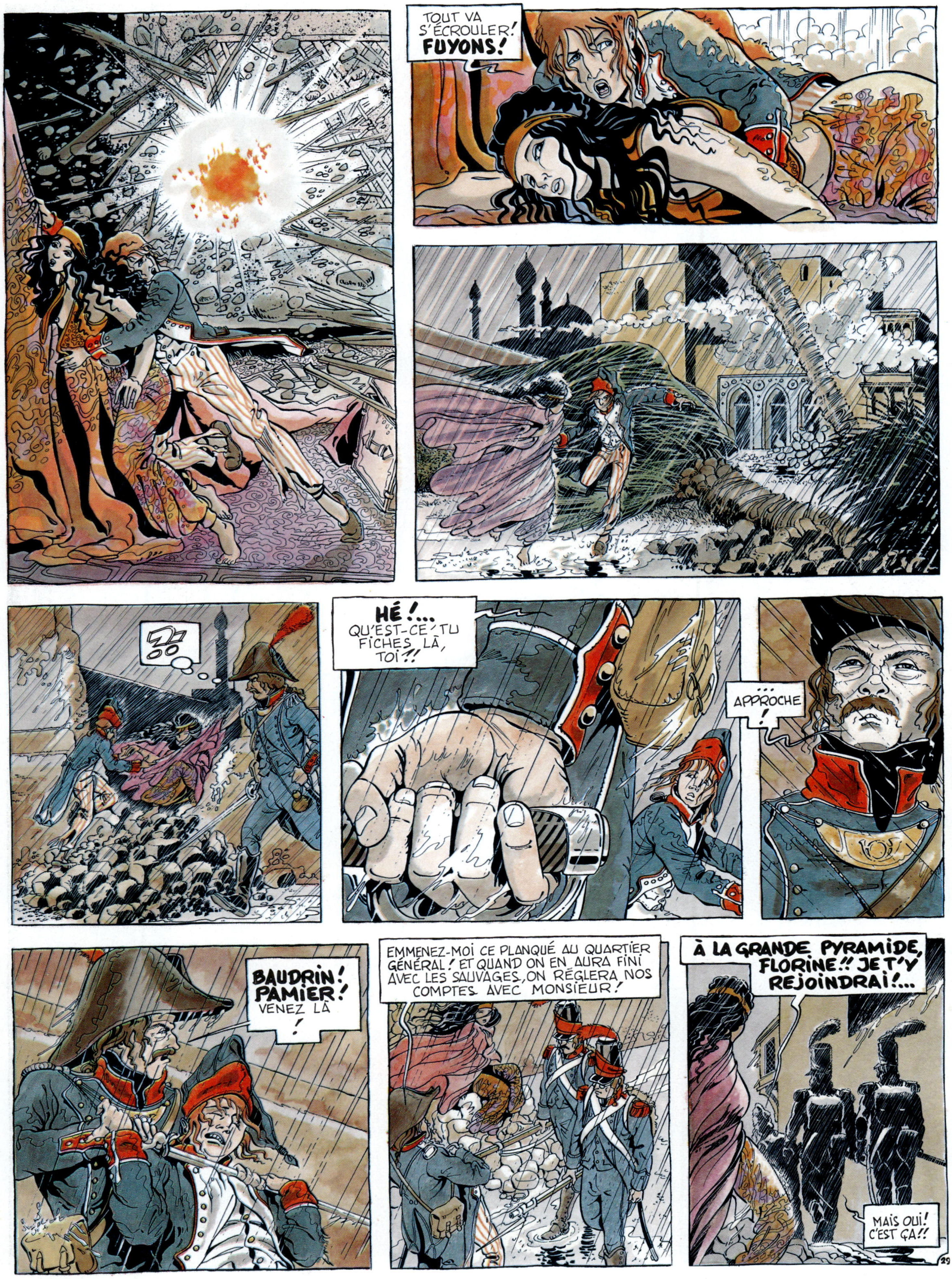
TOUT VA S'ÉCROULER! FUYONS!
HÉ!... QU'EST-CE TU FICHES LÀ, TOI?!!
... APPROCHE!
BAUDRIN! PAMIER! VENEZ LÀ!
EMMENEZ-MOI CE PLANQUÉ AU QUARTIER GÉNÉRAL! ET QUAND ON EN AURA FINI AVEC LES SAUVAGES, ON RÉGLERA NOS COMPTES AVEC MONSIEUR!
À LA GRANDE PYRAMIDE, FLORINE!! JE T'Y REJOINDRAI!...
MAIS OUI! C'EST ÇA!!

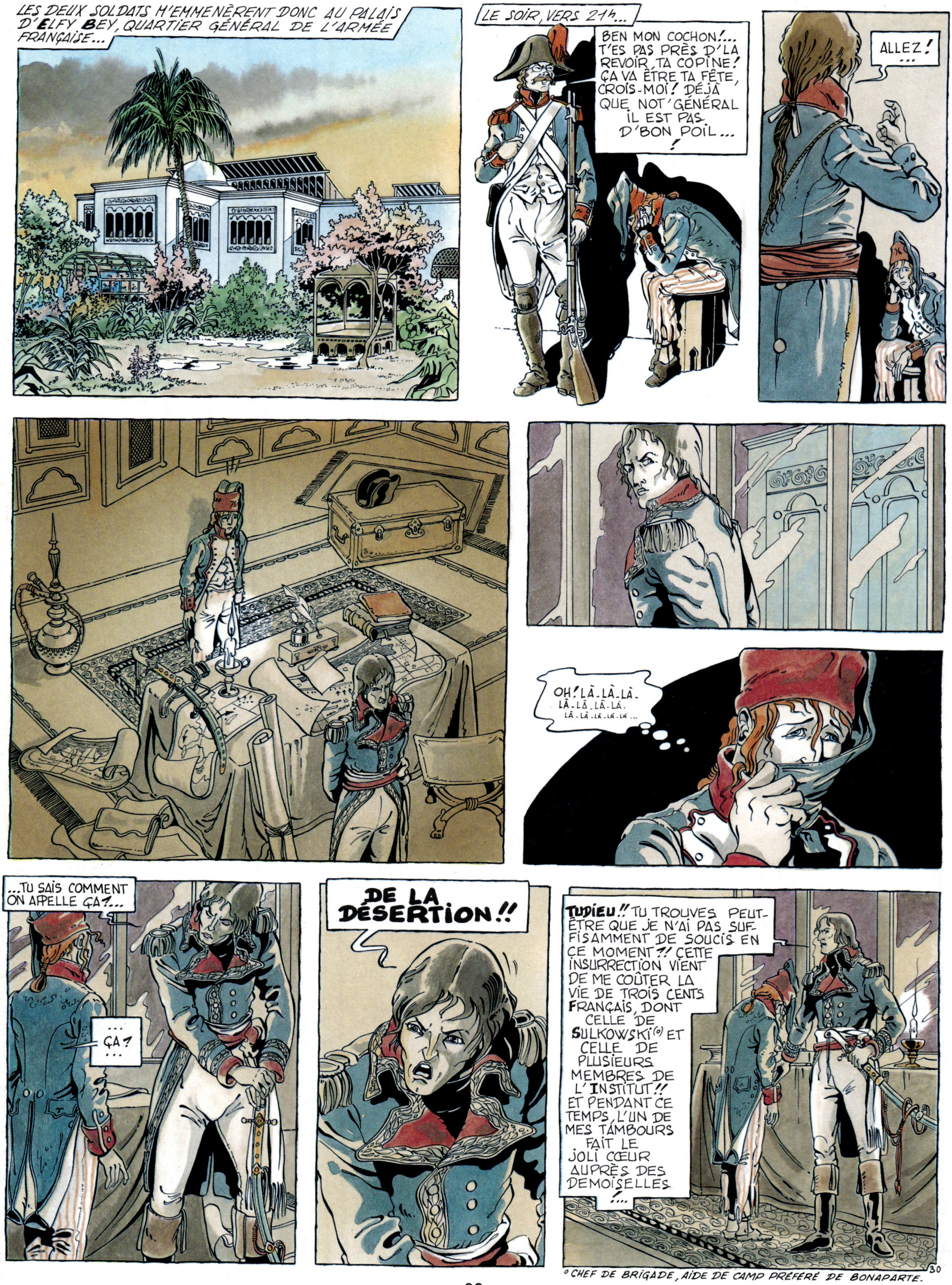

° CHEF DE BRIGADE, AIDE DE CAMP PRÉFÉRÉ DE BONAPARTE.

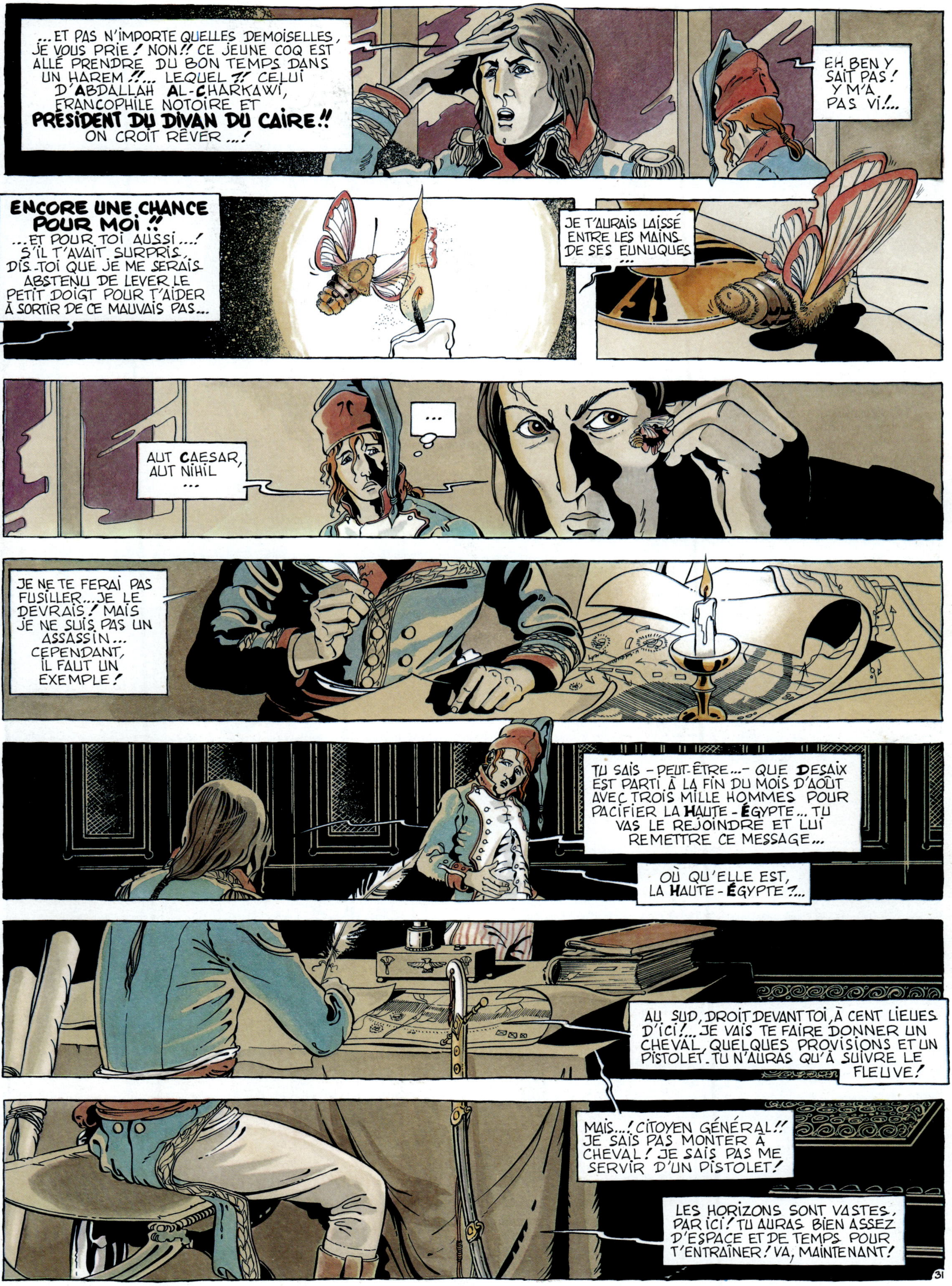
...ET PAS N'IMPORTE QUELLES DEMOISELLES, JE VOUS PRIE ! NON !! CE JEUNE COQ EST ALLÉ PRENDRE DU BON TEMPS DANS UN HAREM !!... LEQUEL ?! CELUI D'ABDALLAH AL-CHARKAWI, FRANCOPHILE NOTOIRE ET PRÉSIDENT DU DIVAN DU CAIRE !! ON CROIT RÊVER ...!
EH, BEN Y SAIT PAS ! Y M'A PAS VI !...
ENCORE UNE CHANCE POUR MOI !! ...ET POUR TOI AUSSI ...! S'IL T'AVAIT SURPRIS, DIS-TOI QUE JE ME SERAIS ABSTENU DE LEVER LE PETIT DOIGT POUR T'AIDER À SORTIR DE CE MAUVAIS PAS...
JE T'AURAIS LAISSÉ ENTRE LES MAINS DE SES EUNUQUES ...
AUT CAESAR, AUT NIHIL ...
...
JE NE TE FERAI PAS FUSILLER... JE LE DEVRAIS ! MAIS JE NE SUIS PAS UN ASSASSIN... CEPENDANT, IL FAUT UN EXEMPLE !
TU SAIS - PEUT-ÊTRE... - QUE DESAIX EST PARTI, À LA FIN DU MOIS D'AOÛT AVEC TROIS MILLE HOMMES POUR PACIFIER LA HAUTE-ÉGYPTE... TU VAS LE REJOINDRE ET LUI REMETTRE CE MESSAGE...
OÙ QU'ELLE EST, LA HAUTE-ÉGYPTE ?...
AU SUD, DROIT DEVANT TOI, À CENT LIEUES D'ICI !... JE VAIS TE FAIRE DONNER UN CHEVAL, QUELQUES PROVISIONS ET UN PISTOLET. TU N'AURAS QU'À SUIVRE LE FLEUVE !
MAIS...! CITOYEN GÉNÉRAL !! JE SAIS PAS MONTER À CHEVAL ! JE SAIS PAS ME SERVIR D'UN PISTOLET !
LES HORIZONS SONT VASTES, PAR ICI ! TU AURAS BIEN ASSEZ D'ESPACE ET DE TEMPS POUR T'ENTRAÎNER ! VA, MAINTENANT !
31

LE LENDEMAIN, À L'AUBE...
UN PUR-SANG ARABE, GAMIN ! LE GÉNÉRAL TE GÂTE !!
TU VOIS ! ON N'A PAS ÉTÉ TROP MÉCHANTS ! ON T'A MIS UNE SELLE DE MAMELUK !... TU POURRAS TOUJOURS T'ACCROCHER AU POMMEAU !
YEAH !
ARRÊTE-TOI, CHEVAL !!

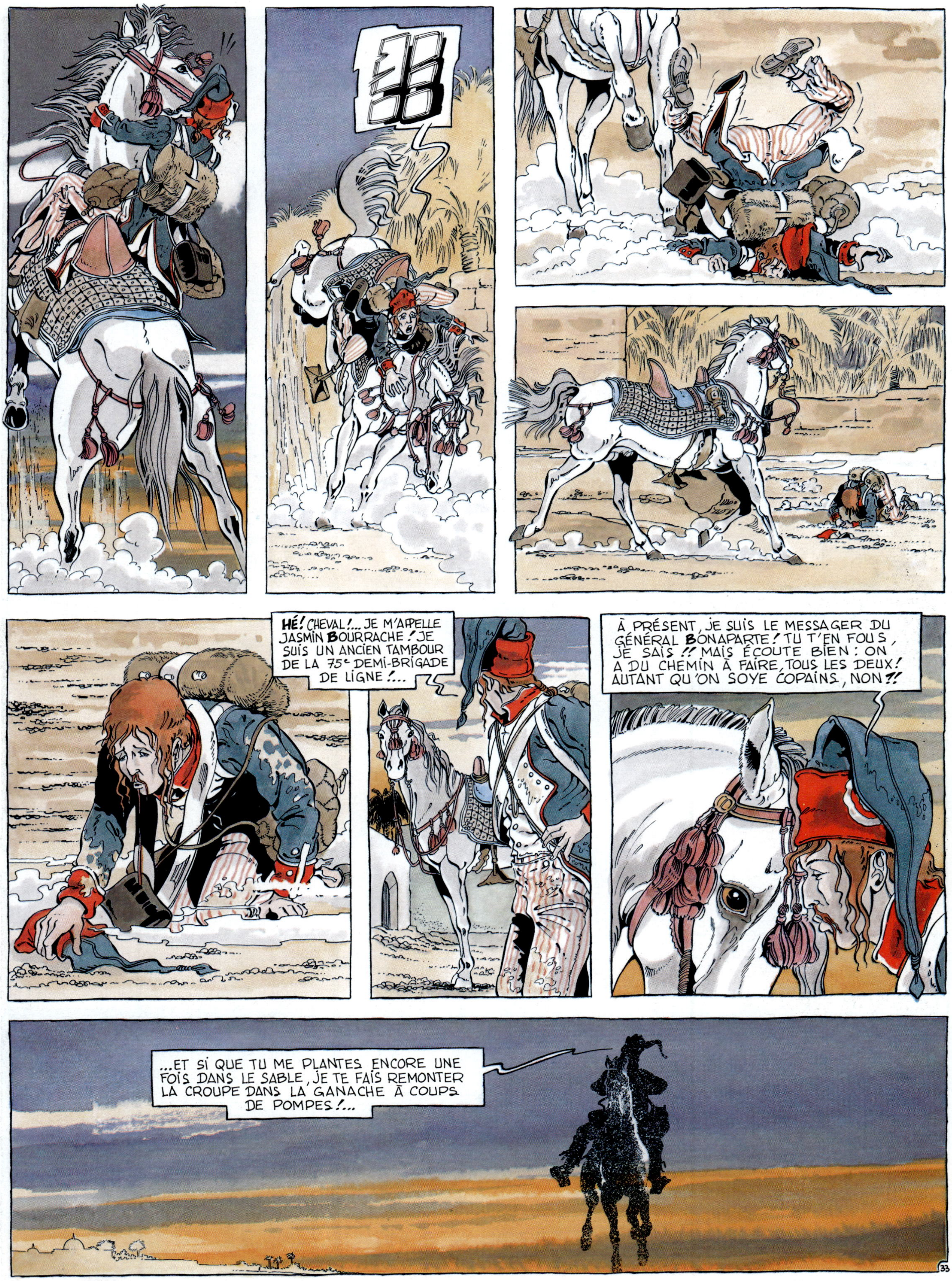
HÉ! CHEVAL!... JE M'APPELLE JASMIN BOURRACHE! JE SUIS UN ANCIEN TAMBOUR DE LA 75e DEMI-BRIGADE DE LIGNE!...
À PRÉSENT, JE SUIS LE MESSAGER DU GÉNÉRAL BONAPARTE! TU T'EN FOUS, JE SAIS!! MAIS ÉCOUTE BIEN : ON A DU CHEMIN À FAIRE, TOUS LES DEUX! AUTANT QU'ON SOYE COPAINS, NON?!
...ET SI QUE TU ME PLANTES ENCORE UNE FOIS DANS LE SABLE, JE TE FAIS REMONTER LA CROUPE DANS LA GANACHE À COUPS DE POMPES!...

FLORINE !

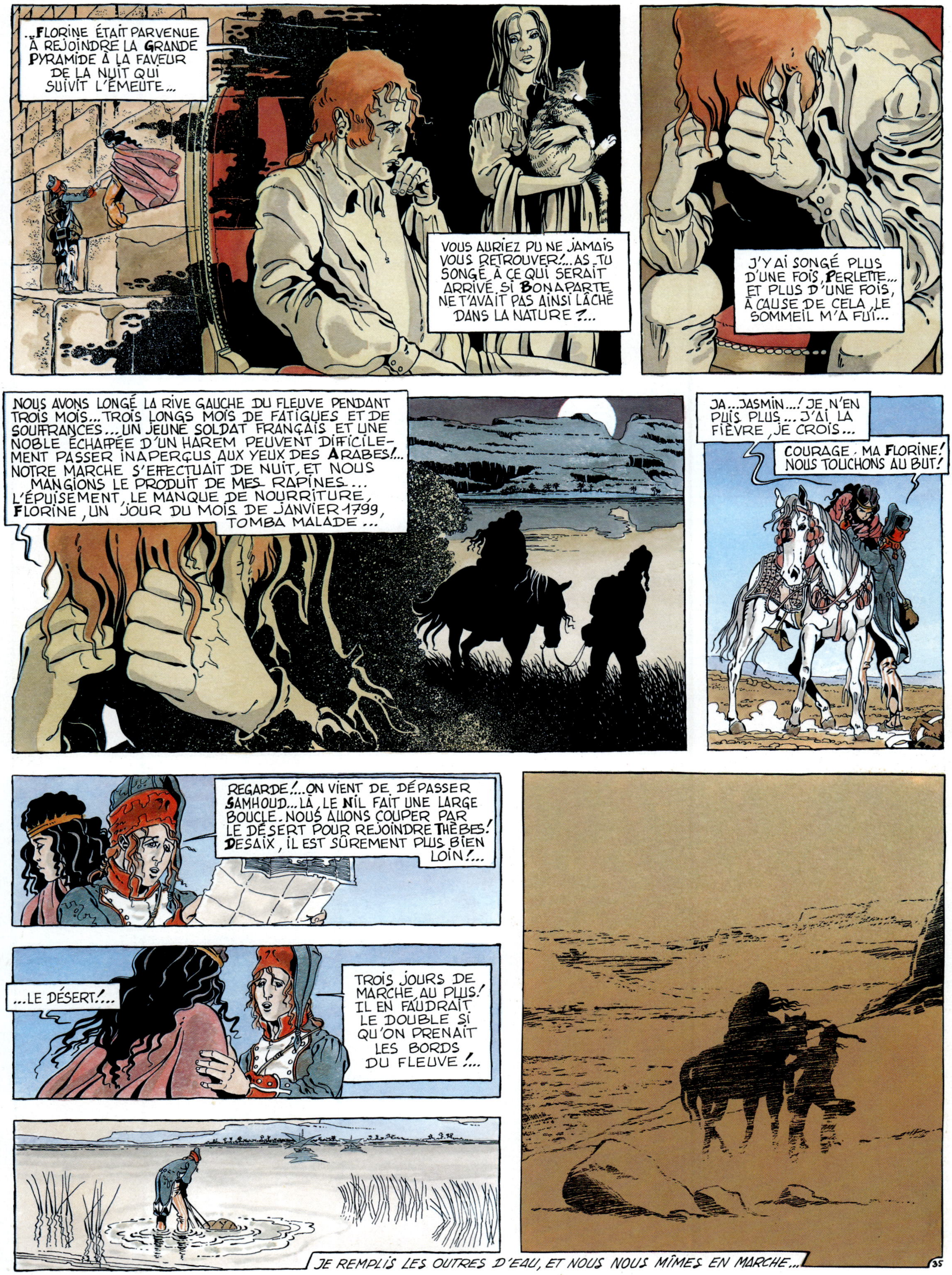
...FLORINE ÉTAIT PARVENUE À REJOINDRE LA GRANDE PYRAMIDE À LA FAVEUR DE LA NUIT QUI SUIVIT L'ÉMEUTE...
VOUS AURIEZ PU NE JAMAIS VOUS RETROUVER!...AS-TU SONGÉ À CE QUI SERAIT ARRIVÉ SI BONAPARTE NE T'AVAIT PAS AINSI LÂCHÉ DANS LA NATURE ?...
J'Y AI SONGÉ PLUS D'UNE FOIS, PERLETTE... ET PLUS D'UNE FOIS, À CAUSE DE CELA, LE SOMMEIL M'A FUI...
NOUS AVONS LONGÉ LA RIVE GAUCHE DU FLEUVE PENDANT TROIS MOIS... TROIS LONGS MOIS DE FATIGUES ET DE SOUFFRANCES... UN JEUNE SOLDAT FRANÇAIS ET UNE NOBLE ÉCHAPPÉE D'UN HAREM PEUVENT DIFFICILEMENT PASSER INAPERÇUS AUX YEUX DES ARABES!... NOTRE MARCHE S'EFFECTUAIT DE NUIT, ET NOUS MANGIONS LE PRODUIT DE MES RAPINES... L'ÉPUISEMENT, LE MANQUE DE NOURRITURE, FLORINE, UN JOUR DU MOIS DE JANVIER 1799, TOMBA MALADE...
JA...JASMIN...! JE N'EN PUIS PLUS... J'AI LA FIÈVRE, JE CROIS...
COURAGE, MA FLORINE! NOUS TOUCHONS AU BUT!
REGARDE!...ON VIENT DE DÉPASSER SAMHOUD... LÀ, LE NIL FAIT UNE LARGE BOUCLE. NOUS ALLONS COUPER PAR LE DÉSERT POUR REJOINDRE THÈBES! DESAIX, IL EST SÛREMENT PLUS BIEN LOIN!...
...LE DÉSERT!...
TROIS JOURS DE MARCHE, AU PLUS! IL EN FAUDRAIT LE DOUBLE SI QU'ON PRENAIT LES BORDS DU FLEUVE!...
JE REMPLIS LES OUTRES D'EAU, ET NOUS NOUS MÎMES EN MARCHE...
35

FLORINE !
38

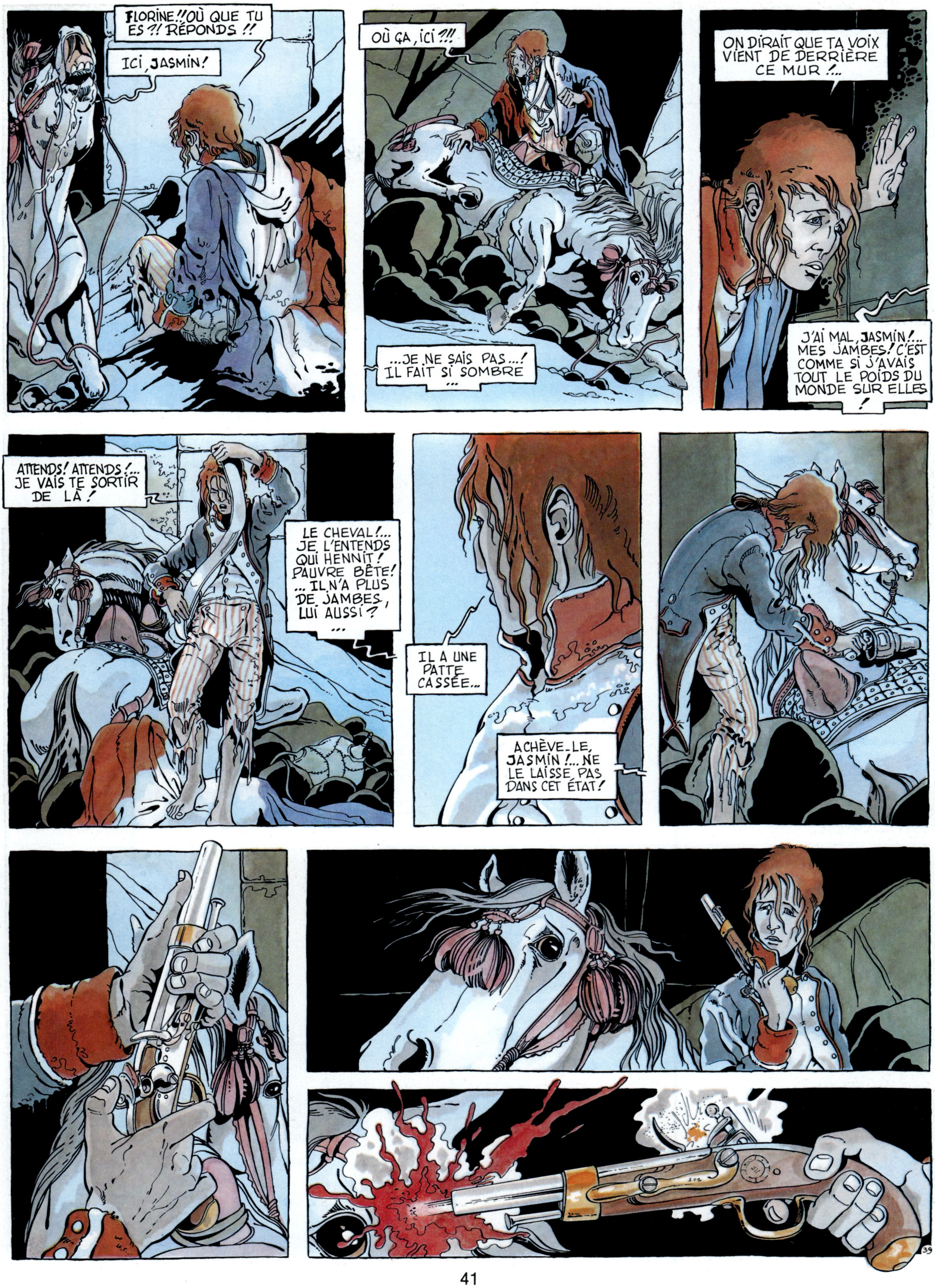
FLORINE !! OÙ QUE TU ES ?! RÉPONDS !!
ICI, JASMIN !
OÙ ÇA, ICI ?!!
...JE NE SAIS PAS...! IL FAIT SI SOMBRE ...
ON DIRAIT QUE TA VOIX VIENT DE DERRIÈRE CE MUR !...
J'AI MAL, JASMIN !... MES JAMBES ! C'EST COMME SI J'AVAIS TOUT LE POIDS DU MONDE SUR ELLES !
ATTENDS ! ATTENDS !... JE VAIS TE SORTIR DE LÀ !
LE CHEVAL !... JE L'ENTENDS QUI HENNIT ! PAUVRE BÊTE ! ... IL N'A PLUS DE JAMBES, LUI AUSSI ? ...
IL A UNE PATTE CASSÉE...
ACHÈVE-LE, JASMIN !... NE LE LAISSE PAS DANS CET ÉTAT !

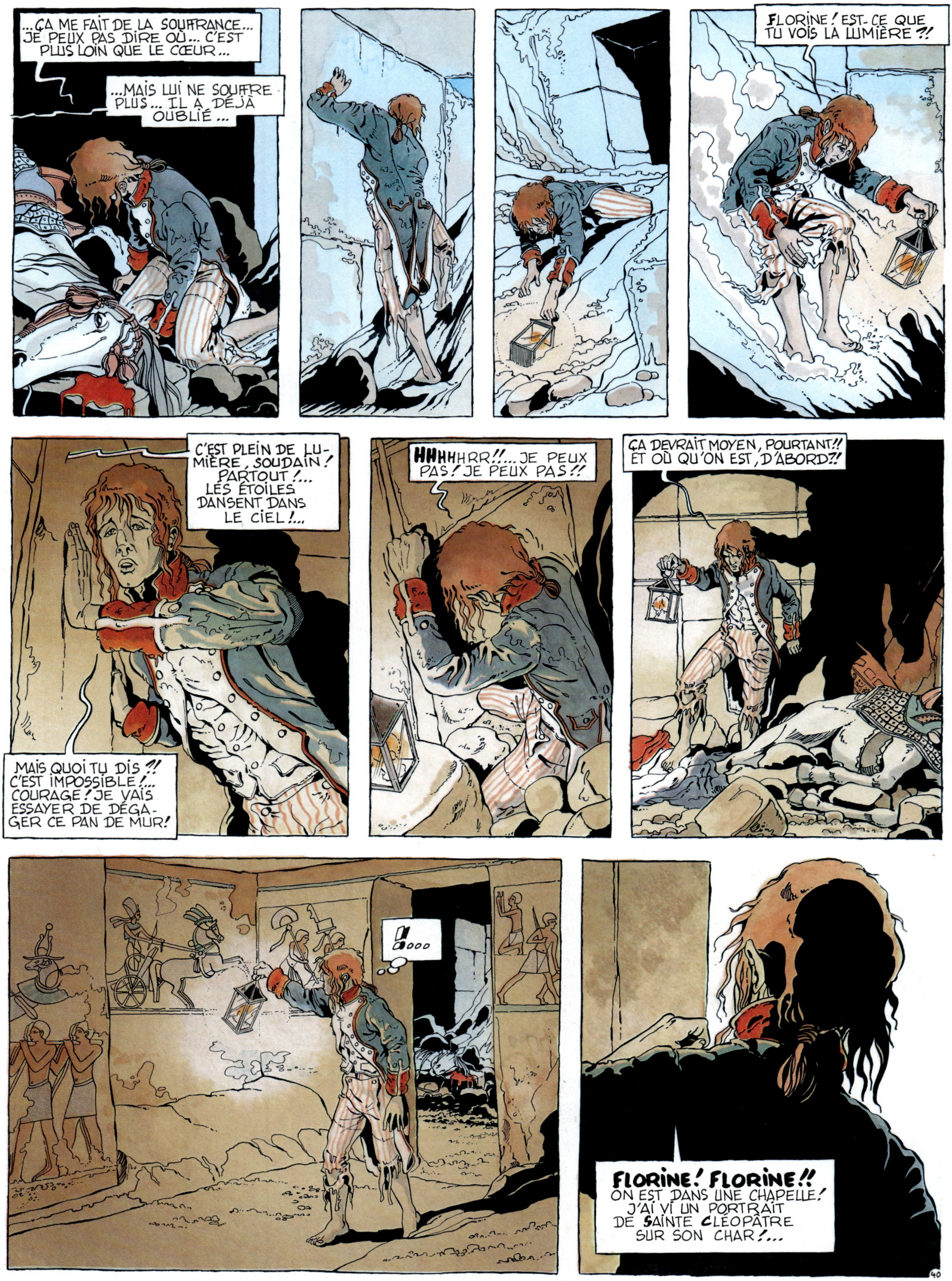
...ÇA ME FAIT DE LA SOUFFRANCE... JE PEUX PAS DIRE OÙ... C'EST PLUS LOIN QUE LE CŒUR...
...MAIS LUI NE SOUFFRE PLUS... IL A DÉJÀ OUBLIÉ...
FLORINE! EST-CE QUE TU VOIS LA LUMIÈRE?!
C'EST PLEIN DE LUMIÈRE, SOUDAIN! PARTOUT!... LES ÉTOILES DANSENT DANS LE CIEL!...
MAIS QUOI TU DIS?! C'EST IMPOSSIBLE!... COURAGE! JE VAIS ESSAYER DE DÉGAGER CE PAN DE MUR!
HHHHHRR!!... JE PEUX PAS! JE PEUX PAS!!
ÇA DEVRAIT MOYEN, POURTANT!! ET OÙ QU'ON EST, D'ABORD?!
!!
OOOO
FLORINE! FLORINE!!
ON EST DANS UNE CHAPELLE! J'AI VU UN PORTRAIT DE SAINTE CLÉOPÂTRE SUR SON CHAR!...
40

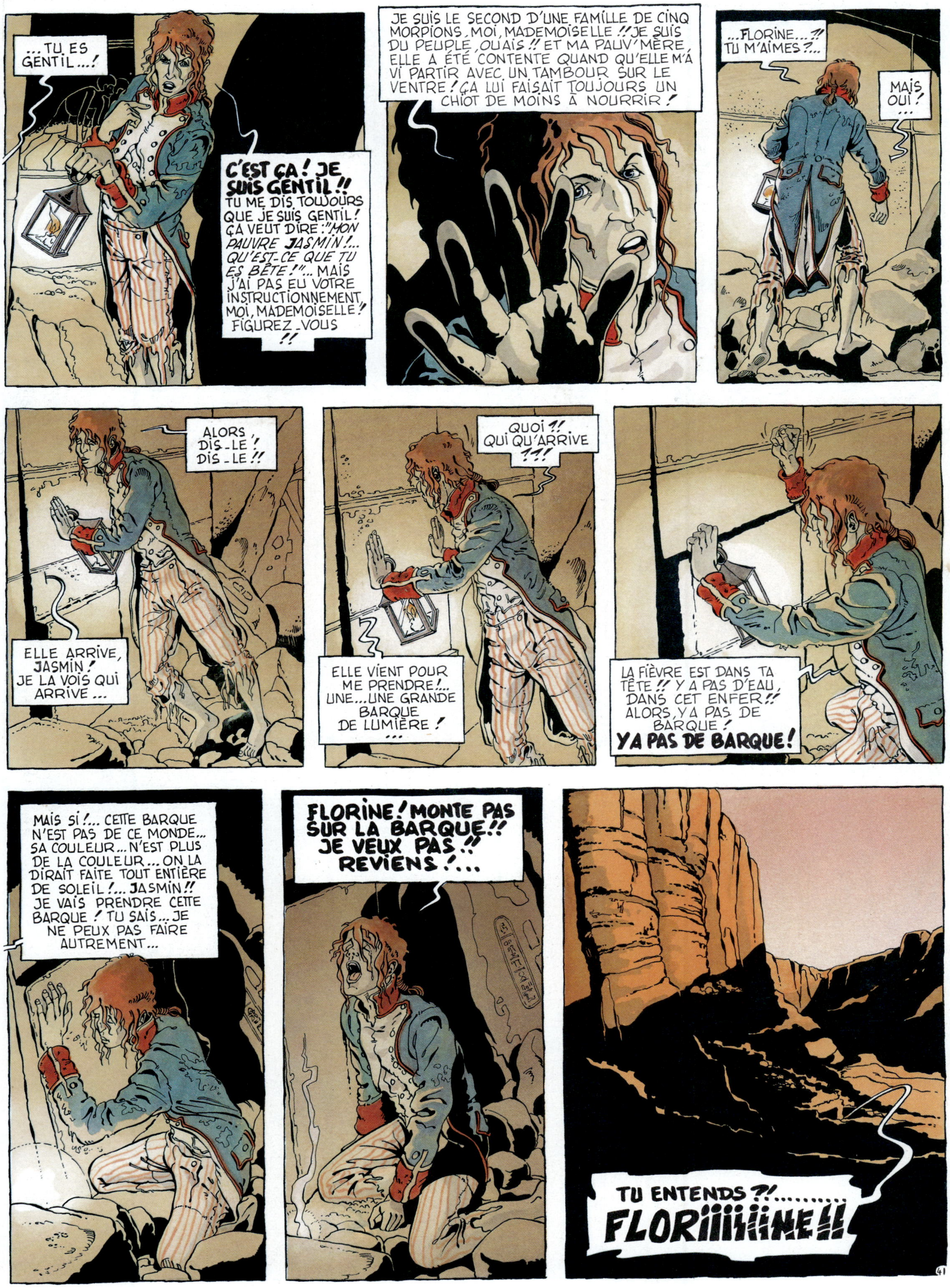
...TU ES GENTIL...!
C'EST ÇA! JE SUIS GENTIL!! TU ME DIS TOUJOURS QUE JE SUIS GENTIL! ÇA VEUT DIRE: "MON PAUVRE JASMIN!... QU'EST-CE QUE TU ES BÊTE!"... MAIS J'AI PAS EU VOTRE INSTRUCTIONNEMENT, MOI, MADEMOISELLE! FIGUREZ-VOUS!!
JE SUIS LE SECOND D'UNE FAMILLE DE CINQ MORPIONS, MOI, MADEMOISELLE!! JE SUIS DU PEUPLE, OUAIS!! ET MA PAUV' MÈRE, ELLE A ÉTÉ CONTENTE QUAND QU'ELLE M'A VI PARTIR AVEC UN TAMBOUR SUR LE VENTRE! ÇA LUI FAISAIT TOUJOURS UN CHIOT DE MOINS À NOURRIR!
...FLORINE...?! TU M'AIMES?...
MAIS OUI!...
ALORS DIS-LE! DIS-LE!!
ELLE ARRIVE, JASMIN! JE LA VOIS QUI ARRIVE...
QUOI?! QUI QU'ARRIVE?!
ELLE VIENT POUR ME PRENDRE!... UNE... UNE GRANDE BARQUE DE LUMIÈRE!...
LA FIÈVRE EST DANS TA TÊTE!! Y A PAS D'EAU DANS CET ENFER!! ALORS, Y A PAS DE BARQUE! YA PAS DE BARQUE!
MAIS SI!... CETTE BARQUE N'EST PAS DE CE MONDE... SA COULEUR... N'EST PLUS DE LA COULEUR... ON LA DIRAIT FAITE TOUT ENTIÈRE DE SOLEIL!... JASMIN!! JE VAIS PRENDRE CETTE BARQUE! TU SAIS... JE NE PEUX PAS FAIRE AUTREMENT...
FLORINE! MONTE PAS SUR LA BARQUE!! JE VEUX PAS!! REVIENS!...
TU ENTENDS?!.........
FLORIIIIIINE!!
41

(*) LES COLOSSES DE MEMNON, THÈBES OUEST.

LE P'TIT MERDEUX !!!... IL S'EN EST SORTI !!!... J'AI PLUS DE VOIX, MON GARS... J'AI TROP GUEULÉ... DEUX ROTULES RÉDUITES EN BOUILLIE À COUPS DE CROSSE DE FUSIL, ÇA FAIT TRÈS, TRÈS MAL...!
MAIS LE CHEVAL !? IL EST PAS VENU TOUT SEUL, QUAND MÊME ?! C'EST UNE SALE BLAGUE DES BÉDOUINS, PAS VRAI ?...
TU RIGOLES !? Y A PAS QUE LES BÉDOUINS POUR AVOIR DE BONNES IDÉES DANS LE GENRE...! AHH!... BON DIEU ! J'EN PEUX PLUS...!
...C'EST LES FRANÇAIS !... TU VOIS... QUAND IL S'AGIT DE FAIRE DU BIEN À SON PROCHAIN, L'IMAGINATION EST L'APANAGE DE TOUS LES PEUPLES !...
C'EST PAS DU BEAU, QUE TU AS DÛ LEUR FAIRE, AUX COPAINS, HEIN ?! DRAGON !! JE CAUSE EN CONNAISSEUR !...
BAH !...
JE VAIS TE DÉGAGER DE LÀ...
TOUCHE PAS !!!
...TOUCHE À RIEN... JE CROIS QUE ÇA SERAIT PIRE !... LES PETITES BÊTES QUI RONGENT LE VENTRE DU CHEVAL MORT ONT COMMENCÉ À BOUFFER LES JAMBES DU VIVANT ! CES SALOPERIES N'ONT PAS EU LE TEMPS DE FAIRE LE TRI !...
LES VAUTOURS SONT PLUS ÉVOLUÉS... ILS FONT ENCORE LA DIFFÉRENCE !... TU FAIS LA GRIMACE ?! ÇA PUE ! J'TE CROIS !...
VIENS LÀ, P'TIT !... VIENS PRÈS DE MOI...

TU AS CHANGÉ !... TU AS GRANDI, ET TU FAIS MOINS CHIARD !... L'ARMÉE A FAIT DE TOI UN HOMME !
BÔF...! L'ARMÉE JE SAIS PAS! MAIS LE DÉSERT, SÛREMENT !
?!
AINSI QUE L'AUBE ET LA LUMIÈRE AVAIENT EMPORTÉ FLORINE, LE CRÉPUSCULE ET L'OMBRE S'EMPARAIENT DU SOLDAT. LA MORT SOURIT PARFOIS; LA MORT RICANE SOUVENT... LA MORT A SES RAISONS.
LE LENDEMAIN, DANS LA JOURNÉE...
!!...
PAW!

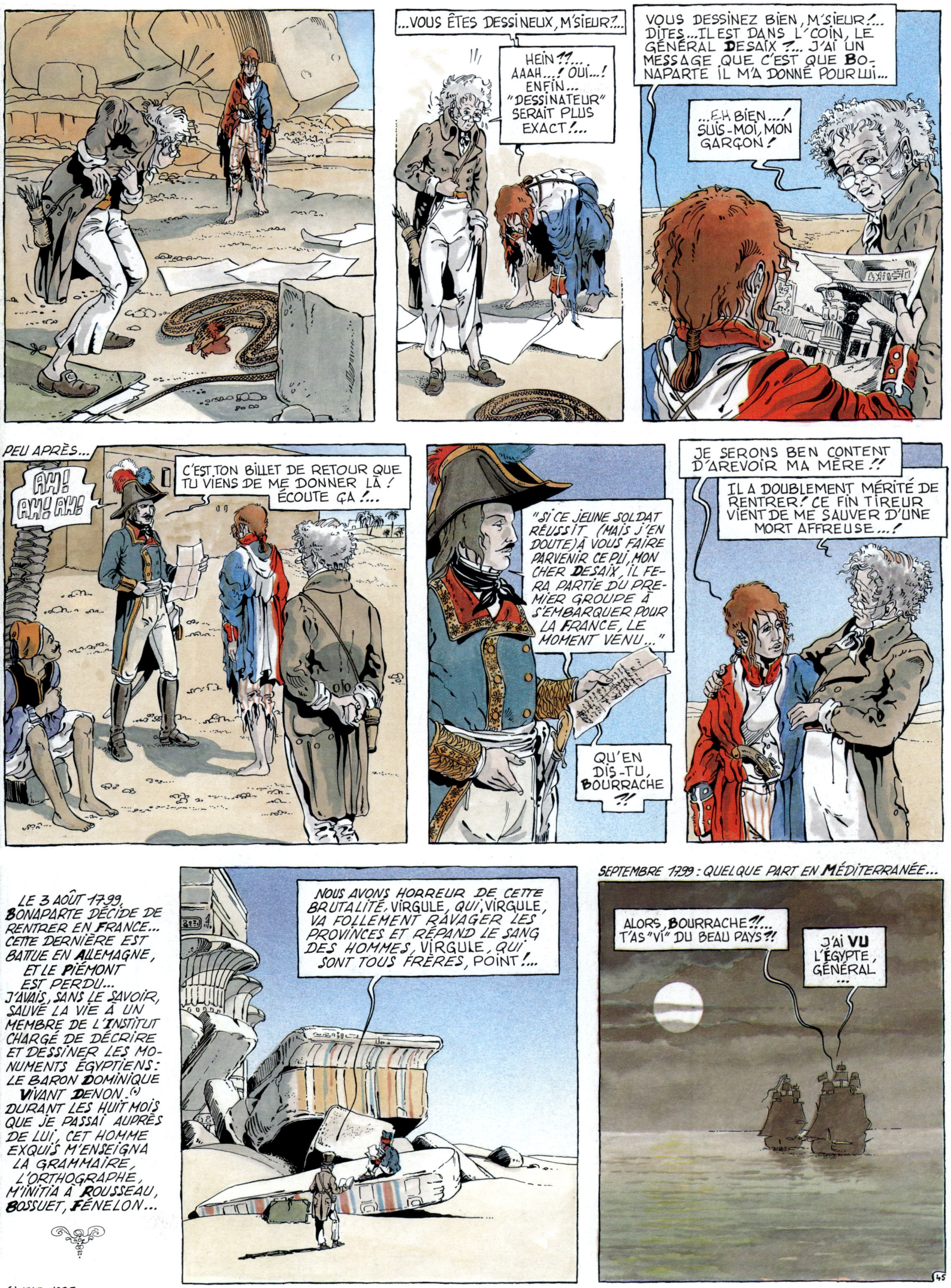
...VOUS ÊTES DESSINEUX, M'SIEUR?...
HEIN ?!... AAAH...! OUI...! ENFIN... "DESSINATEUR" SERAIT PLUS EXACT!...
VOUS DESSINEZ BIEN, M'SIEUR!... DITES... IL EST DANS L'COIN, LE GÉNÉRAL DESAIX ?... J'AI UN MESSAGE QUE C'EST QUE BONAPARTE IL M'A DONNÉ POUR LUI...
...EH BIEN...! SUIS-MOI, MON GARÇON!
PEU APRÈS...
AH! AH! AH!
C'EST TON BILLET DE RETOUR QUE TU VIENS DE ME DONNER LÀ! ÉCOUTE ÇA!...
"SI CE JEUNE SOLDAT RÉUSSIT (MAIS J'EN DOUTE) À VOUS FAIRE PARVENIR CE PLI, MON CHER DESAIX, IL FERA PARTIE DU PREMIER GROUPE À S'EMBARQUER POUR LA FRANCE, LE MOMENT VENU..."
QU'EN DIS-TU, BOURRACHE ?!
JE SERONS BEN CONTENT D'AREVOIR MA MÈRE!!
IL A DOUBLEMENT MÉRITÉ DE RENTRER! CE FIN TIREUR VIENT DE ME SAUVER D'UNE MORT AFFREUSE...!
LE 3 AOÛT 1799, BONAPARTE DÉCIDE DE RENTRER EN FRANCE... CETTE DERNIÈRE EST BATTUE EN ALLEMAGNE, ET LE PIÉMONT EST PERDU... J'AVAIS, SANS LE SAVOIR, SAUVÉ LA VIE À UN MEMBRE DE L'INSTITUT CHARGÉ DE DÉCRIRE ET DESSINER LES MONUMENTS ÉGYPTIENS: LE BARON DOMINIQUE VIVANT DENON.(*) DURANT LES HUIT MOIS QUE JE PASSAI AUPRÈS DE LUI, CET HOMME EXQUIS M'ENSEIGNA LA GRAMMAIRE, L'ORTHOGRAPHE, M'INITIA À ROUSSEAU, BOSSUET, FÉNELON...
NOUS AVONS HORREUR DE CETTE BRUTALITÉ, VIRGULE, QUI, VIRGULE, VA FOLLEMENT RAVAGER LES PROVINCES ET RÉPAND LE SANG DES HOMMES, VIRGULE, QUI SONT TOUS FRÈRES, POINT!...
SEPTEMBRE 1799: QUELQUE PART EN MÉDITERRANÉE...
ALORS, BOURRACHE?!... T'AS "VI" DU BEAU PAYS?!
J'AI VU L'ÉGYPTE, GÉNÉRAL...

(*) 1747 - 1825

LES CŒURS SONT DES PLANÈTES QUI TOURNENT AUTOUR D'UN SOLEIL... LES OMBRES S'ALLONGENT PARFOIS SI VITE ! TROP VITE... PARMI CES OMBRES, L'UNE D'ELLES EST MENAÇANTE : C'EST CELLE D'UN HOMME QUI A QUITTÉ L'ÎLE D'ELBE, QUI EFFLEURE LA PROVENCE, LA RECOUVRE ET S'ÉTEND SUR LES ALPES, ET S'ÉTIRE JUSQU'À PARIS. POUR COMBIEN DE TEMPS ENCORE BRILLERA LE SOLEIL SUR LES CŒURS DE PERLETTE ET DE JASMIN ? NOUS LE SAURONS DANS :
"LE CHANT DES ESCOLIERS"

J. SAVEY 02/91